VOYAGE D'UN AN-GLAIS AUX RÉGIONS INTERDITES ❋ PAYS SACRÉ DES LAMAS

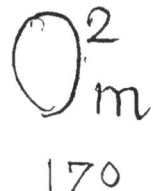

L'AUTEUR ET SES COMPAGNONS MANSING ET CHANDEN SING
D'APRÈS UNE PHOTOGRAPHIE.

✳ A.-H. SAVAGE LANDOR ✳
VOYAGE D'UN ANGLAIS
AUX RÉGIONS INTERDITES
PAYS SACRÉ DES LAMAS. ✳

Traduit et Résumé par HENRI JACOTTET.

Hachette & Cie

PARIS, MDCCCXCIX

A.-H. SAVAGE LANDOR ❋
VOYAGE D'UN ANGLAIS
AUX RÉGIONS INTERDITES
PAYS SACRÉ DES LAMAS. ❋

Traduit et Résumé par HENRI JACOTTET.

Hachette & Cⁱᵉ

PARIS, MDCCCXCIX

LE VOYAGE D'UN ANGLAIS

AUX

RÉGIONS INTERDITES

I

Départ pour le Thibet. — A la frontière — Exactions et atrocités des Thibétains. — A Garbyang. — Hospitalité des Chokas. — Mœurs des Chokas. — Le *Rambang*. — Mariages. — Funérailles.

ATTEINDRE Lhassa, tel a été le but de presque tous les récents explorateurs du Thibet; Prjevalsky, Bonvalot et le prince Henri d'Orléans, Dutreuil de Rhins et Grenard, l'Américain Rockhill, bien d'autres encore. Qu'ils vinssent du Nord ou du Midi, de l'Orient ou de l'Occident, aucun d'eux n'a réussi à pénétrer dans la ville sainte des lamas, mieux défendue encore que la Mecque contre les infidèles. Depuis l'expulsion des capucins en 1760, trois Européens seulement ont pu la voir : Manning en 1811, Huc et Gabet en 1844. Les seules nouvelles que nous en ayons eues après cette époque nous sont venues des pandits, voyageurs hindous envoyés par le gouvernement britannique.

M. Savage-Landor, le dernier des Européens qui aient eu l'ambition de forcer les portes de la Mecque bouddhiste, n'a pas été plus heureux que ses prédécesseurs, malgré son audace et son endurance exceptionnelle. Son voyage n'en offre pas moins un grand intérêt : il a parcouru des régions inexplorées du Thibet méridional, et vu le premier les sources du Tsan-Po, ou haut Brahmapoutre. Il a été pendant des mois en contact avec les Thibétains, et nous donne sur eux des détails curieux. Enfin

— 1 —

le récit des dangers qu'il courut, des privations qu'il endura,
des terribles tortures dont il dut payer sa téméraire expédition,
est pathétique comme un roman d'aventures.

———

Parti de Londres le 19 mars 1897, je débarquai trois
semaines plus tard à Bombay, que je trouvai en pleine épidé-
mie de peste. Le lendemain même de mon arrivée, je prenais
le train qui m'emmenait en trois jours à Kathgodam, dans le
Koumaon, terminus actuel du chemin de fer. De là je me dirigeai,
partie en *tonga* (ou voiture à deux roues) et partie à cheval,
sur Naini-Tal, station de montagnes dans le bas Himalaya, à
1 954 mètres d'altitude, résidence d'été du gouvernement des
provinces du Nord-Ouest et de l'Aoudh. De ce point j'écrivis au
lieutenant-gouverneur, l'informant de mon intention d'aller au
Thibet, et je fis visite au commissaire délégué, devant lequel
je développai tous mes plans. Ni l'un ni l'autre de ces messieurs ne fit la moindre objection au voyage que je projetais
dans le pays sacré des lamas.

De Naini-Tal, je me rendis à Almora par la route bien
connue de Khairna. Almora (1 680 mètres) est la dernière station
du côté de la frontière où l'on trouve encore une communauté
européenne, ou plutôt anglo-hindoue. J'en fis donc mon quartier
général pour quelques jours. Je comptais y engager un certain
nombre de montagnards, si possible des Gourkhas. Je ne pus
en venir à bout, et je me décidai à partir sans cette escorte.
J'engageai seulement un nommé Chanden Sing, qui se présenta
à moi sans certificats, et qui me plut par cette circonstance
même. C'était à ce que j'appris, un ex-policier; il devait être le
seul homme courageux parmi mes compagnons, et il me resta
fidèle envers et contre tous.

A Almora, j'eus la chance de rencontrer en M. J. Larkin, un des
hommes qui connaissent le mieux la partie du Koumaon où nous
nous trouvions. Il avait même voyagé l'année précédente jusqu'à
la frontière thibétaine, et il me donna une foule de renseignements utiles.

LES PORTEURS AU DÉPART DE NAINI-TAL. — D'APRÈS UNE PHOTOGRAPHIE.

Je partis le 10 mai pour la frontière, m'étant fait précéder la veille de deux Chokas qui portaient mon bagage. Je passe rapidement sur la première partie de mon voyage. J'allai par Pithoragarh, où se trouvent un hôpi- tal de lépreux et une station mission- naire, à Askoteh, où je donnai un jour de repos à mes hommes ; j'en profitai pour faire une visite intéressante à la tribu sauvage des Raots, qui habite dans les environs. En revenant de mon excursion, on me fit remarquer un grand gaillard, à peu près nu et couvert de cendres. C'était un fakir, revenu du lac sacré de Mansarouar.

MON FIDÈLE COMPAGNON.
D'APRÈS UNE PHOTOGRAPHIE.

D'Askoteh je traversai le Gori sur un pont suspendu, puis je longeai la vallée du Kali, rivière tortueuse qui forme la frontière entre le Népâl et le Koumaon. Au *daramsalla* [1] de Koutia, j'eus une entrevue avec le rajiwar d'Askoteh, un vieillard aux traits fins, aux manières courtoises, qui me témoigna beaucoup de bienveillance.

Le lendemain, j'arrivais au daramsalla de Khela.

Il y a deux routes principales de Khela à Houndes : l'une par la vallée du Dholi ou Darma, l'autre le long du Kali et par le col de Lippou. La première est la moins fréquentée; elle est cependant importante, parce qu'une partie du trafic du Thibet sud-occidental avec l'Inde se fait par l'intermédiaire des Chokas de Darma. Les objets principaux de ce trafic sont le borax, le sel, la laine, les peaux, les vêtements, les ustensiles, en échange desquels les Thibétains prennent l'argent, le froment, le riz, le *satou* (farine d'avoine), le sucre candi, le poivre, des perles, et les articles manufacturés en Inde. Pour une route de

1. Abri en pierre pour les voyageurs.

montagne, et si l'on considère les altitudes auxquelles elle s'élève, la route de Darma est relativement bonne et sûre, bien que étroite et surplombant, en remontant le cours du Dholi, des ravins et des précipices profonds. Le Dholi sort d'une série

MON HABITATION À ASKOTEH.
D'APRÈS UNE PHOTOGRAPHIE.

de glaciers assez petits, au Nord-Est d'une chaîne qui forme une branche de la haute chaîne himalayenne, et il reçoit dans les gorges tortueuses par lesquelles il descend le tribut de plusieurs cours d'eau alimentés par les neiges.

La région qui s'étend au Nord comprend de grands massifs neigeux, dont l'un, le Nanda-Devi (7 711 mètres), est le plus haut de l'Himalaya sur territoire britannique. Cette région est désignée sous le nom de Bhot. Mais les Hindous appliquent plus particulièrement ce nom à la partie du pays qui comprend le Darma, le Bias et le Chaudas, et qui a pour frontières naturelles au Sud-Est le Kali, qui le sépare du Népâl, et au Nord-Est la grande chaîne himalayenne.

Le nom de Bhot, qui se prononce *Bod*, *Pote*, *Tüpot* ou *Taipot*, signifie Thibet, mot qui est probablement une corruption de Tûpot. Ces régions élevées de Darma, de Bias et de Chaudas font nominalement partie de l'Empire britannique, notre limite géographique avec le Ngari-Khorsoum, ou Houndes (Grand Thibet), étant la chaîne principale de l'Himalaya, qui est aussi le faîte de partage des eaux. Mais, malgré notre souveraineté, je me trouvai forcé, lors de ma visite, de penser avec les indigènes

LÉPREUX À PITHORAGARH.
D'APRÈS
UNE PHOTOGRAPHIE.

que le prestige et la protection britanniques dans ces régions ne
sont que des mythes, que l'influence thibétaine y est seule domi-
nante, que la loi thibétaine y est seule appliquée et redoutée. Les
indigènes témoignent invariablement une singulière obséquiosité, une soumission servile aux Thibétains, et ils sont en même
temps obligés de se montrer irrespectueux envers les fonctionnaires britanniques.

Les Thibétains, en fait, réclament ouvertement la propriété
des *pattis* ou pâturages de la frontière du Ngari-Khorsoum.
Pour affirmer leurs droits, ils sont venus hiverner sur notre
territoire. Ils amenèrent leurs familles, poussant devant eux des
milliers et des milliers de moutons pour paître sur nos pâturages. Peu à peu, ils détruisirent nos forêts du Bias, afin de
fournir le Thibet de combustible. Pour cela, non seulement ils ne
payaient rien, mais nos sujets indigènes avaient à transporter
le bois sans rémunération par les hauts passages des monta-

LES RAOTS, SAUVAGES DE LA FORÊT. — D'APRÈS UNE PHOTOGRAPHIE.

gnes. Naturellement, des exploiteurs aussi dépourvus de principes ne se firent pas scrupule d'extorquer de nos indigènes, sous
quelque prétexte que ce fût, des vivres, des vêtements, bref tout
ce qu'ils pouvaient prendre.

De Khela nous descendîmes de 250 mètres jusqu'au Dholi, que
l'on traverse sur un pont de bois. De là nous remontâmes par
des zigzags interminables jusqu'à Pungo (2 272 mètres), le premier village habité des Chokas, que dans cette partie du pays
on appelle Chaudas.

Une foule de Chokas s'étaient rassemblés. Ayant surmonté
leur timidité première, ils se trouvèrent être polis et aimables.
La nature naïve et gracieuse des jeunes filles chokas me frappa
particulièrement, dans cette première entrevue avec elles. Beaucoup moins timides que les hommes, elles s'avancèrent, plaisan-
tant et riant comme si elles m'avaient connu toute leur vie.
Elles me montrèrent leurs métiers à tisser, de construction
assez simple et semblables à ceux des Thibétains. Elles font des
étoffes très solides, et les plus habiles d'entre elles réussissent

LE RAJIWAH D'ASKOTEII. — D'APRÈS UNE PHOTOGRAPHIE.

à fabriquer de petits tapis copiés sur de vieux modèles chinois.

Une coutume curieuse des Chokas, probablement empruntée aux Thibétains, c'est celle des « prières à vent ». Des pièces d'étoffe, généralement blanches, mais parfois rouges ou bleues, sont attachées ensemble, et suspendues par un bout à une corde tendue à travers une route, un col, un sentier. Lorsqu'ils franchissent un col pour la première fois, les Chokas coupent régulièrement une pièce d'étoffe, et la placent de telle sorte qu'elle flotte à la brise. De même, quand ils achètent ou fabriquent des étoffes pour un nouveau vê-

UN FAKIR. — D'APRÈS UNE PHOTOGRAPHIE.

tement, ils en arrachent un morceau, et en font une prière flottante. Il y a prière, tant qu'il y a mouvement, de sorte que les indigènes attachent indistinctement ces morceaux à des cannes, à des pieux ou à des branches d'arbres ; aussi certains fourrés, ou certains arbres, dans des endroits remarquables ou sur les montagnes, sont-ils couverts de ces emblèmes religieux. On voit, du reste, flotter un grand nombre de petits drapeaux de ce genre sur presque toutes les maisons chokas, aussi bien que sur les sanctuaires ou sur les portes des villages.

De Pungo, j'arrivai au daramsalla de Titela.

Le temps était redevenu pluvieux et froid. Les rapports que je recevais sur la route étaient loin d'être encourageants. Un vieux Choka, qui venait d'arriver de Garbyang, me dit que la passe de Lippou était encore fermée et couverte d'une grande épaisseur de neige ; de plus, le *Djong Pen* (commandant) du fort de Taklakot au Thibet, dont l'attaque contre le lieutenant Gaussen était restée impunie l'année précédente, avait une garde de trois cents hommes pour empêcher les étrangers d'entrer dans le pays. Enfin, les *Dakous*, ou brigands, qui infestent la région du lac Mansarouar, étaient plus nombreux cette année que jamais.

MÉTIER À TISSER DES CHOKAS.
D'APRÈS UNE PHOTOGRAPHIE.

Mon campement suivant fut à Chan-koula, à 2 272 mètres d'altitude; j'y arrivai par une route char-mante, serpentant au milieu de grands cèdres, de hêtres, d'érables, avec çà et là une source d'eau vive ou un ruisseau, et des centaines de singes à face noire et à barbe blanche, jouant et sautant d'arbre en arbre. A Gibti, où j'arrivai le lende-main, commence la route célèbre de *Nerpani*, ou *Nerpania*, la « route sans eau ». Elle n'a été parcourue que par un petit nombre de voyageurs, et les récits qu'ils en ont faits ont décou-ragé bien des gens de suivre leur exemple.

Personnellement, je l'ai trouvée bien meilleure que je ne la supposais. Ce n'est que par instants qu'elle surplombe des précipices, et là où la paroi perpendiculaire n'a pas permis de creuser la route sans grandes dépenses, des consoles ont été fixées horizontalement dans le roc, pour soutenir de larges dalles formant un étroit sentier. La hauteur verticale du sentier au-dessus à la rivière est souvent de 500 à 600 mètres, et sur plus d'un point le sentier n'a pas plus de 15 centimètres de large. Mais pour un voyageur qui a le pied sûr, cela ne constitue pas un danger réel. La route est fatigante, car la paroi rocheuse de Nerpania, sur laquelle elle a été construite,

CAMPEMENT DANS LA MONTAGNE. — D'APRÈS UNE PHOTOGRAPHIE.

est subdivisée en trois parois plus petites, séparées les unes des autres par de profonds ravins. Il est très désagréable d'avoir ainsi à monter plusieurs mille pieds sur des séries de degrés inter-

FEMMES CHOKAS. — D'APRÈS UNE PHOTOGRAPHIE.

minables, pour les redescendre du côté opposé. Notre premier camp fut au confluent du Ndjangar, dans le Kali. Le lendemain, nous campions à Lahmari, à 2 470 mètres.

Dans les temps anciens, le sentier passait sur le plus haut point du rocher, et il fallait toute une journée de marche pour aller d'une source à une autre. De là le nom de « route sans eau ». La Nerpani se termine, en réalité, à la cascade de Takti, dont l'eau mouille le passant jusqu'aux os.

A partir de Lahmari, nous montâmes, en pente rapide, jusqu'à 2 928 mètres ; redescendant de 120 mètres, nous nous trou-

LA NERPANI, À L'ENDROIT OÙ L'ON A PLANTÉ DES CONSOLES DANS LE ROCHER.
D'APRÈS UNE PHOTOGRAPHIE.

vâmes sur le Bouddi, tributaire du Kali. Une magnifique cascade tombait juste au-dessus du pont.

A notre droite, très haut sur le rocher, s'élevait le pittoresque village de Bouddi, avec ses maisons à deux et trois étages. Au-dessous et au-dessus, on voyait les longs zigzags de la route menant au sommet du col de Chaï-Lek, ou de Tcheto, comme l'appellent les Chokas. Nous pûmes admirer, en montant, la superbe vallée de Kali, avec ses rochers gigantesques, et ses gorges surmontées de hauts pics neigeux. Au col de Chaï-Lek, mes deux baromètres anéroïdes enregistrèrent une altitude de 3 412 mètres. Nous étions sur une espèce de plateau. Darcy

LA NERPANI. — D'APRÈS UNE PHOTOGRAPHIE.

Bura, le plus riche commerçant choka de Bouddi, a fait faire ici une maison de commerce pour l'échange ou l'achat de borax, de sel, de laine et d'autres articles du Thibet. Sur le côté de la route, une grande cavité dans le roc avait été murée et en partie couverte pour l'usage des gens de Bouddi et de Garbyang venant chercher femme. Ces constructions s'appellent *Rambangs*, et sont une vieille institution des Chokas sur laquelle j'aurai l'occasion de revenir. A Garbyang, je fus reçu par des centaines d'hommes, femmes, enfants, tous accroupis sur le bord des toits plats en pisé de leurs habitations; quelques-uns m'accompagnèrent respectueusement à la tente qui avait été dressée pour moi au delà du village. M. G..., le commissaire délégué d'Almora, arriva

LE COL DE CHAÏ-LEK — D'APRÈS UNE PHOTOGRAPHIE.

un peu après moi. Je voulais prendre ici des arrangements en vue de mon entrée dans le Thibet, mais les efforts que je fis pour obtenir une escorte de confiance furent sans grands résultats. J'appris, en outre, avec dépit, que le plan de mon voyage, que j'avais eu tant de peine à tenir secret, avait été divulgué aux autorités thibétaines.

Tous les cols étaient fermés ; il tombait chaque jour de la neige. A la rigueur et avec beaucoup de difficultés, des hommes auraient pu passer le col de Lippou, mais sans prendre aucun bagage. Je me décidai, pour toutes ces raisons, à rester quelques jours à Garbyang, et je saisis cette occasion pour me faire faire une grande tente thibétaine, afin d'abriter mes compagnons, si j'en pouvais trouver.

Cela n'allait pas tout seul, malgré l'aide du docteur H. Wil-

LES GRADINS DE LA NERPANI. — D'APRÈS LA PEINTURE DE M. SAVAGE LANDOR.

son, de la mission évangélique méthodiste. Les Chokas savent combien les Thibétains sont cruels. Ils en ont souffert plus d'une fois, et même en ces dernières années, les autorités thibétaines ont infligé d'horribles tortures à des sujets britanniques faits prisonniers de ce côté-ci de la frontière. Il est déplorable que la faiblesse de nos fonctionnaires dans le Koumaon ait permis et permette encore de tels faits. Ils sont si impuissants que le Djong Pen de Taklakot envoie annuellement, avec la sanction du gouvernement de l'Inde, des émissaires recueillir un tribut de sujets britanniques, vivant sur le sol britannique. Les Cho-

MA TENTE. — D'APRÈS UNE PHOTOGRAPHIE.

kas ont à payer ce tribut, et ils le font par crainte; ils payent également d'autres impôts et d'autres redevances commerciales injustement prélevés par les Thibétains. Ceux-ci les arrêtent, sous le plus faible prétexte, les torturent sans pitié, les mettent à l'amende et les dépouillent.

Lors de mon passage, on pouvait voir, à Garbyang et dans d'autres villages, des Chokas qui avaient été mutilés par les autorités thibétaines.

En 1896, un commerçant choka fut, sous un prétexte futile, torturé et finalement décapité. La même année, le lieutenant Gaussen, ayant, au cours d'une chasse, essayé d'entrer au Thibet par le col de Lippou, fut entouré de soldats thibétains, et fort maltraité.

M. J. Larkin, le collecteur d'Almora, fut alors envoyé à la

frontière. On n'eût pu faire un meilleur choix. Ferme, juste, travailleur, il devint très populaire chez les Chokas. Il écouta leurs doléances, et leur rendit justice, toutes les fois que cela lui fut possible. Le Djong Pen de Taklakot fut appelé à rendre compte de tous ses méfaits. Il refusa de venir. M. Larkin lui fit savoir alors qu'il n'entendait pas plaisanter, et le somma de comparaître. Alors, le haut fonctionnaire traversa le col de Lippou et arriva tremblant de terreur.

HOMME CHOKA.
D'APRÈS UNE PHOTOGRAPHIE.

Cette fois-ci, entendant parler de mon projet, il fit savoir qu'il confisquerait les terres de tout homme qui consentirait à me servir ; nous étions menacés en outre, moi et tous ceux qui seraient pris avec moi, d'être d'abord fouettés, puis décapités. Mais je prêtai personnellement peu d'attention à ces menaces.

Le lendemain de mon arrivée, M. G... reprit la route d'Almora Le temps était froid, la pluie tombait à torrents ; pendant les heures les plus chaudes du jour, le thermomètre ne s'élevait pas au-dessus de 11°. Ma tente, tout imprégnée d'eau, était dans un véritable lac. Quelques Chokas m'avaient déjà engagé à l'abandonner, pour aller vivre dans une de leurs maisons. J'avais courtoisement mais fermement refusé, désirant ne pas les déranger, et garder ma liberté. Néanmoins, toute une députation arriva le 5 juin pour renouveler son offre. Et comme je persistais à refuser, tout à coup et malgré mes remontrances, ces braves Chokas

MAISON MODERNE CHOK — D'APRÈS UNE PHOTOGRAPHIE.

VIEILLE FEMME CHOKA FUMANT. — D'APRÈS UNE PHOTOGRAPHIE.

s'emparèrent de mes charges, et les amenèrent triomphalement jusqu'au village. Il me fallut les suivre *nolens volens*.

La maison où ils m'amenèrent était un édifice à deux étages, avec une porte en bois finement sculptée, et des fenêtres colorées en rouge et en vert. Ces braves gens avaient une telle peur de me voir partir, qu'une dizaine d'entre eux me saisirent par les bras, tandis que d'autres me poussaient par derrière, en haut d'un escalier de dix ou douze marches. Dans la maison, j'étais l'hôte de mon bon ami Zeheram. On me donna le devant du premier étage, consistant en deux grandes chambres, avec un bon cadre de lit indigène, une table et deux ou trois *moras*, chaises cannées couvertes de peaux. Je m'étais à peine rendu compte de la situation, qu'on m'apportait déjà des conserves de fruits, des dattes sèches, du thé — du thé fait à la mode thibétaine avec

du beurre et du sel. Mon hôte m'assura que j'étais le premier
Anglais (et évidemment aussi le premier Européen ou Américain)
autorisé à vivre dans une maison choka et à y manger. L'occasion
était bonne, et je me sentis vivement tenté de rester quelque
temps au milieu de
cette peuplade.

FEMME COUVRANT SON ENFANT DE BEURRE.
D'APRÈS UNE PHOTOGRAPHIE.

Ces Chokas sont
de vrais gentilshom-
mes de la nature; ils
faisaient tout ce qui
était en leur pouvoir
pour rendre mon sé-
jour agréable. Les
invitations à déjeu-
ner et à dîner pleu-
vaient littéralement
chez moi sans que
j'eusse le moyen de
prétexter une indis-
position, ou d'autres
engagements. Les invitations ne se faisaient ni par carte ni par
billet. Les gens venaient tout simplement me chercher; en guise
de sollicitations, ils me tiraient et me poussaient, et il m'était
impossible de refuser; je n'en avais d'ailleurs pas envie.

Quand j'arrivais, mon hôte étendait devant moi de belles nattes,
de beaux tapis, de fabrication thibétaine ou chinoise ancienne,
et souvent de grande valeur. Au devant d'un siège élevé on
apportait dans des vases de cuivre brillants les diverses viandes
et friandises qui constituaient le repas. Il y avait toujours du riz :
du mouton au curry, du lait, du lait caillé avec du sucre ; puis
des *tchapatis*, pains faits à la mode hindoustani, du *tchalé*, espèce
de crêpe, du *ghi* (beurre), du sucre ou du miel, et aussi du *parsad*,
une pâte épaisse composée de miel, de sucre brûlé, de beurre et
farine, tout cela cuit ensemble, — un morceau délicat, même pour
un palais blasé.

GLISSADE DANGEREUSE. — D'APRÈS LA PEINTURE DE M. SAVAGE LANDOR

CHEZ LES CHOKAS.

Le 6 juin, je partis de Garbyang en reconnaissance du côté de la frontière, et, passant dans le Népâl, pour rentrer dans le Koumaon, j'établis mon camp au village de Goungi. Les maisons, d'ancienne architecture choka, étaient décorées de longs pieux, réunis par des cordes, d'où flottaient dans la brise des centaines de « prières à vent ». L'endroit était pittoresque, nettement découpé sur le fond d'une montagne en dôme, le Nali Chankom, un pic d'une beauté extraordinaire avec ses strates rayées de rouge et de gris. Près de lui s'élève un autre sommet, le Goungi Chankom, gigantesque roche quadrangulaire d'une chaude teinte jaune rougeâtre, assez semblable à une énorme tour.

Le lendemain matin, je remontai le long de la rivière Kouti, qui coulait large et rapide à ma gauche. A mesure que j'avançais, la végétation devenait rare, et je n'avais plus rien devant moi que des rochers nus et de hautes cimes neigeuses. J'arrivai peu à peu à la neige ; toute trace de sentier y disparaissait, et comme la neige était gelée, nous avions à y tailler chaque pas. Le travail était assez ennuyeux, et nous avancions lentement ; plus nous montions et plus la neige devenait dure et glissante. Les semelles imbibées d'eau de mes souliers s'étaient gelées, ce qui rendait la marche très difficile.

A 3 600 mètres d'altitude, à environ 90 mètres au-dessus de la rivière, j'avais à traverser un névé particulièrement étendu, fortement gelé, et relevé à un angle très incliné. Quelques-uns de mes coulis étaient allés en avant, les autres suivaient derrière. Malgré la piste tracée par ceux qui étaient en avant, il était nécessaire de retailler soi-même chaque pas.

En donnant un coup de pied pour faire un creux, je frappai à un endroit où la glace dure se dissimulait sous une mince couche de neige. Mon pied, ne pouvant trouver d'appui, glissa, et je perdis l'équilibre. Je descendis sur la pente raide à une vitesse effrayante, accompagné, dans ce « tobogan » involontaire sur la glace et la neige, par les cris de mes coulis frappés d'horreur. Je me rendis compte que j'allais être précipité dans le fleuve et passer aussitôt sous un long tunnel de glace, où je devais infailliblement périr. De mes doigts gelés, j'essayai de m'accrocher à la neige ; je voulus m'y cramponner avec mes talons ; tout cela sans succès. Enfin je vis devant moi une grande pierre s'élevant au-dessus de la neige. Tendant désespérément chaque nerf et chaque muscle, je vis bien, en m'approchant, tandis que l'eau écumait au-dessous, que c'était là ma dernière espérance. Je raidis consciemment mes jambes en vue du choc. Il fut terrible ; je crus que tous les os de mon corps étaient brisés. Mais je m'arrêtai à quelques pieds seulement du bord de l'eau, et par miracle, quoique je fusse affreusement contusionné, je n'avais pas d'os cassés. Mes doigts saignaient, coupés par la glace ; mes vêtements étaient déchirés. Quand je pus me lever, je fis signe à mes coulis effrayés et geignant, de continuer leur route au bord de l'eau, jusqu'à ce que je pusse trouver un endroit par où remonter jusqu'à leur piste.

Je fis halte à Kouti et convoquai dans ma tente les plus notables habitants. « Serait-il possible, leur demandai-je, de franchir le col de Loumpiya, ou le Mangchan, qui est encore plus haut ? — Non, répondirent-ils d'un ton décidé. La neige est trop épaisse à présent. Il en tombe de fraîche tous les jours. De quinze jours encore aucun être humain ne pourra passer. Le tenter serait perdre la vie. Ces deux cols ne seront praticables, au plus, que pendant un mois en été, et encore sont-ils ardus et dangereux. »

Ne croyant volontiers qu'à ce que je vois, je résolus d'aller observer moi-même : quelques Chokas de Kouti se décidèrent à m'accompagner. Nous longeâmes la rivière de Kouti, que nous traversions et retraversions constamment sur des ponts de neige ; nous avancions ainsi très lentement. Puis, suivant, dans la direction du Nord, un affluent du Kouti, le Kambelchio, nous posâmes nos tentes à l'altitude de 4 093 mètres ; comme nous avions encore quelques heures de jour, je les utilisai pour me mettre, sans succès d'ailleurs, à la poursuite des *thar* (chèvres sauvages) et des *ghoural* (chamois de l'Himalaya).

PONT DE NEIGE SUR LA RIVIÈRE KOUTI. — D'APRÈS UNE PHOTOGRAPHIE.

Cette première chasse m'avait mis en goût, et je recommençai le lendemain. Je désirais, en outre, atteindre quelque point élevé d'où je pourrais me rendre compte par moi-même s'il était possible de franchir actuellement les passes de l'Himalaya, ou préférable d'attendre quelque temps encore. J'avais blessé un *thar*, je le poursuivis sur des névés ; j'atteignis ainsi 4 880 mètres d'altitude ; mais j'étais hors d'haleine, et mon animal hors de la portée de mon fusil.

La vue qu'on avait de ce point était admirable. Sur des milles et des milles, — et il semblait qu'il y eût là des centaines de milles, — de la neige, de la neige, rien que de la neige. Là se dressaient le mont Djolinkan, à plus de 5 800 mètres, et de chaque côté du Kouti, des pics de 6 000 mètres et plus. Sur quelques points, çà et là, la couverture blanche jetée sur tout le pays environnant semblait presque verdâtre. Ces points étaient des glaciers. J'en vis beaucoup, qui alimentent de nombreux torrents s'écoulant dans la rivière.

Il était inutile d'aller plus loin ; plus inutile encore de rester.

LE CHEF DE VILLAGE DE CHOCHÉ ET SON FRÈRE.
D'APRÈS UNE PHOTOGRAPHIE.

Je donnai l'ordre de lever le camp, et une marche de trois jours, par la même route, me ramena à Garbyang.

J'appris que le docteur Wilson était là. Je m'empressai d'aller lui rendre visite, et nous passâmes ensemble d'agréables heures, non sans être dérangés un jour par une violente secousse de tremblement de terre qui effraya beaucoup les indigènes.

J'utilisais toujours mes loisirs en étudiant les mœurs des Chokas. Une institution assez curieuse chez un peuple primitif, mais pourtant, selon moi, sage et prévoyante, est celle du *Rambang*, lieu de réunion, club en quelque sorte, où les jeunes filles et les jeunes gens se réunissent le soir, pour se mieux connaître avant de se marier. Chaque village possède un ou deux établissements de cette espèce. Les maisons de Rambang se trouvent, soit dans le village, soit à mi-chemin entre un village et le suivant, les jeunes filles de l'un entrant en relation avec les jeunes gens de l'autre et *vice versâ*. J'en visitai plusieurs, en compagnie de Chokas, et je les trouvai fort intéressantes. Autour d'un grand feu, au centre de la chambre, des hommes et des femmes sont assis par couple, filant la laine et causant gaiement ; le tout est plein de décorum. Vers le petit jour, l'assistance paraît

LE DJOLINKAN. — D'APRÈS UNE PHOTOGRAPHIE.

devenir plus sentimentale ; elle entonne des chants sans accom-
pagnement, avec des modulations bizarres et fantastiques. Les
hommes et les femmes chokas ont des voix douces et musicales.
Orientale de caractère, la musique choka est agréable aux
oreilles occidentales, non qu'elle possède des raffinements techni-
ques quelconques, mais parce qu'elle donne l'impression du
réel et du senti. Ce qui me plaisait particulièrement, c'étaient
les duos, où la jeune fille répondait au jeune homme.

Tout le monde fume, chaque couple partageant la même
pipe. Quelques branches de pins allumées et piquées dans la
muraille, avec un feu brillant au centre, éclairent seules la salle.
A l'approche du matin, des symptômes de somnolence deviennent sensibles, et les couples se retirent les uns après les autres,
pour aller s'étendre tout habillés sur une molle couche de paille
et d'herbe, où ils dorment bientôt paisiblement.

A ces réunions, chaque jeune fille choka se rencontre régulièrement avec des jeunes gens, et, tout en ayant l'idée de choisir parmi eux le compagnon de sa vie, elle travaille consciencieusement avec son rouet. Lorsqu'un couple a convenu de se marier, le jeune homme, vêtu de ses plus beaux habits, se rend dans la maison de son beau-père en expectative, portant avec lui un pot de *chokti* (vin), des fruits secs, du *ghour* (pâte douce), du *miseri* (sucre candi), et des grains grillés. Si le prétendant est envisagé comme un parti convenable, les parents de la jeune fille le reçoivent avec considération, et prennent de bon cœur leur part de la nourriture et de la boisson qu'il a apportées. Le mariage est alors arrangé, et le fiancé paye au père une somme qui n'est pas inférieure à cinq roupies ni supérieure à cent. C'est là l'étiquette de la bonne société choka, et de toutes les personnes qui en ont le moyen : la somme est appelée « argent de lait », ou argent équivalant à la somme dépensée par les parents de la jeune fille pour l'élever. La cérémonie du mariage est suffisamment simple: on cuit un gâteau appelé *delang*, dont mangent les amis des deux familles. Si le fiancé ou la fiancée refuse d'en prendre sa part, le mariage est rompu; s'ils mangent tous deux un peu du gâteau, et que des dissensions éclatent plus tard entre eux, tous ceux qui assistaient à la cérémonie sont appelés à témoigner que le mariage a réellement eu lieu. Souvent même on omet cette cérémonie primitive qui consiste à manger

LA CRÉMATION CHEZ LES CHOKAS : LES PLEUREUSES.
D'APRÈS UNE PHOTOGRAPHIE.

JEUNE FEMME MÉTISSE CHOKA. — D'APRÈS UNE PHOTOGRAPHIE.

le gâteau, et les mariages chokas peuvent parfaitement réussir, sans qu'aucun service ni aucun rite les ait consacrés.

Les Chokas attribuent la mort au départ de l'âme, qui abandonne le corps, et c'est à cette notion qu'est dû le respect remarquable qu'ils témoignent pour l'esprit ou la mémoire de leurs morts. J'ai assisté à une cérémonie funèbre assez curieuse pour que je la rapporte ici. Un homme était mort d'une mort pénible, résultat d'un accident. On envoya immédiatement quérir sès amis, et le corps ayant été enduit de beurre fut vêtu de ses plus beaux habits. On le plia en deux avant que survînt la rigidité cadavérique, et on le plaça sur un brancard en bois. Il fut recouvert d'un drap brodé bleu et or, avec un drap blanc par-dessus. Au lever du soleil, la procession funèbre abandonna la maison pour se rendre à l'endroit où devait avoir lieu la crémation. D'abord venait une rangée de dix femmes, la tête ccuverte d'une bande de coton blanc, dont une extrémité était attachée au brancard. Parmi elles étaient les proches parentes du mort, y compris sa femme et ses filles, pleurant et se lamentant en criant : « *Oh ! Bajo ! oh ! Bajo !* » (O père ! ô père!). Toutes ces femmes paraissaient faire grand étalage de leur chagrin.

Le défunt ayant été très aimé à Garbyang, de très nombreux villageois vinrent lui rendre un dernier hommage, et prendre leur rang dans la procession, qui s'avançait, en serpentant lentement, dans la direction de la rivière. Le brancard était porté par deux hommes; les Chokas mâles qui le suivaient avaient chacun une bûche ou un fagot de bois à brûler. Nous arrivâmes au Kali. Le corps fut déposé provisoirement sur le bord de la rivière, tandis que tous les hommes, la tête découverte, rassemblaient de grandes pierres et des morceaux de bois. Avec les pierres ils érigèrent, au bord de l'eau, un four crématoire circulaire, haut de cinq pieds, de six pieds de diamètre, avec une ouverture tournée du côté du vent. La femme et les filles du défunt, leurs bonnets retournés sens dessus dessous et leurs figures voilées, s'accroupirent près du brancard en gémissant, et tenant un tison allumé. Lorsque tous les préparatifs furent achevés, et que le four eut été rempli de bûches, le corps fut placé par deux amis sur le bûcher funéraire. On enleva tous les objets précieux qu'il avait sur lui, boucles d'oreilles en or, colliers et bracelets en argent. On le couvrit de branches de pin; un large pot de beurre fut placé à côté de lui, et le contenu d'un bol rempli de vin versé sur sa tête ; enfin, le feu fut mis au

bûcher dans un profond silence. Quelques flocons blancs s'éle-
vèrent d'abord, montrant que le feu avait pris, puis une épaisse
colonne de fumée noire, remplissant l'atmosphère d'une odeur
écœurante de cheveux grillés et de chair brûlée. Le vent poussait la fumée de mon côté, et, pendant quelques instants, je m'en
trouvai entière-
ment enveloppé,
ne pouvant rien
voir de ce qui se
faisait. Je sentis
seulement des
picotements dans
mes yeux, et mes
narines se rem-
plirent de fumée
et d'une puanteur
atroce. A la fin
une longue flam-
me jaillit à plus
de 6 mètres de

LA CRÉMATION CHEZ LES CHOKAS : LE BÛCHER.
D'APRÈS UNE PHOTOGRAPHIE.

haut, consumant le cadavre et me montrant, lorsque l'atmosphère
s'éclaircit, les Chokas lavant leurs mains et leurs visages dans la
rivière pour se purifier de ce qu'ils regardent comme impur, le
contact d'un corps mort.

Reprenant le chemin du village, les femmes continuèrent à
pleurer et à gémir, ramenant à la maison les vêtements du défunt
et ses vases de cuivre.

Il fallait maintenant s'occuper à distraire son âme. On jeta
ses habits sur un mannequin grossier, fait de bâtons et de paille,
et couvert d'étoffes indiennes brodées or, rouge et bleu; un turban fut ensuite placé sur sa tête, avec un panache fait de la
branche d'un pin. Puis, le bûcher éteint, les parents du mort
allèrent, sur l'emplacement de la crémation, recueillir certains
ossements, comme les rotules, le cubitus, les grandes vertèbres
de l'épine dorsale, épargnées par les flammes, et les placèrent

dans les vêtements du mannequin. On avait acheté et cuit en grande quantité du froment, du riz, de la farine, afin de nourrir la multitude des amis qui restent les hôtes de la famille tant que durent les funérailles. On avait, en outre, un mouton, et l'on vidait force barils de *tchokti* (vin), de *zahn* (liqueur distillée de l'orge, du riz et du froment) et d'*anag* (eau-de-vie de grains divers). Les femmes de l'assistance pleuraient autour de l'effigie, posant leurs mains sur elle, suppliant le bien-aimé de revenir à la vie. D'autres rangées de femmes, le bonnet

LA CRÉMATION CHEZ LES CHOKAS :
FEMMES DRESSANT L'EFFIGIE DU MORT.
D'APRÈS UNE PHOTOGRAPHIE.

retourné en signe de deuil, dansaient gracieusement en cercle autour du mannequin, sortaient par une porte, décrivaient un arc de cercle au dehors, et revenaient par une autre porte, tandis que les hommes exécutaient une danse lugubre autour de la maison. En même temps, le tambour résonnait sans discontinuer.

Chaque jour, pendant ces cérémonies, qui en durèrent trois ou quatre, on plaça devant le mannequin, du riz, du froment cuit, et du vin. Enfin, supposant que l'âme du défunt avait eu assez d'amusements, on se préoccupa de la faire transmigrer du mannequin dans un mouton ou un yak.

Si le défunt est un homme, c'est un animal mâle qui est choisi pour le représenter; si c'est une femme, c'est une femelle; mais aucune cérémonie semblable ne suit la crémation d'enfants au-dessous de dix ou douze ans. Dans le cas du vieillard dont je vis les funérailles, on choisit un mouton, au lieu du yak consacré par la tradition, mais fort coûteux à faire venir du Thibet.

Donc, le mannequin est transporté hors de la maison, générale ment le quatrième jour, tandis que des femmes et des jeunes filles, portant des étoffes blanches, dansent gracieusement autour de lui.

Les hommes viennent se join- dre à elles dans l'après-midi, mais leur danse, beaucoup plus violente, a pres- que le caractère d'une danse de guerre. Il y a, d'ailleurs, des soli, des duos, des trios choré- graphiques, aux- quels prennent

LA CRÉMATION CHEZ LES CHOKAS :
DANSE DES FEMMES AUTOUR DE L'EFFIGIE DU MORT.
D'APRÈS UNE PHOTOGRAPHIE.

part le ou les tambours. La foule des assistants est régalée par la famille, le mannequin étant censé rassasié. Et, tandis que les invités mangent ou boivent, les dames de la maison retournent vers l'effigie du mort, au vif battement des tambours, pour faire, en se courbant en deux, des révérences solennelles.

Enfin, au milieu du bruit des canons, des hurlements, des aboiements, des sifflements assourdissants de la foule, l'animal à sacrifier est traîné devant le mannequin. De longs rubans de couleur sont attachés à ses cornes, leurs extrémités pendant à côté de sa tête. Du bois de sandal est brûlé sous ses narines, afin d'engager l'âme du défunt à entrer et à venir s'établir dans l'animal. Les vêtements, le turban, le bouclier, les joyaux sont arrachés du mannequin et empilés sur le bouc, qui est désormais la personnification du défunt. Il est nourri jusqu'à ce qu'il n'en puisse plus, on place devant lui de vastes plats contenant toutes les friandises imaginables, et on lui verse dans la gorge du vin et des liqueurs. Les femmes de la famille lui expriment en pleurant leur plus tendre affection, dans la persuasion que l'âme de leur protecteur défunt est en lui. Bourrée de nourriture, stupéfiée par l'alcool, la bête se soumet, immobile et sans émotion, aux caresses sauvages, aux prières, aux salaams dont on l'accable.

LA CRÉMATION CHEZ LES CHOKAS : REPAS DE LA CHÈVRE.
D'APRÈS UNE PHOTOGRAPHIE.

Alors, les sifflets et les aboiements recommencent, et l'on se précipite sur l'animal, qui est saisi par les cornes, le cou, la queue, partout, en un mot, où on peut l'atteindre, puis tiré, poussé, battu, et bientôt chassé du village, mais non sans qu'on ait arraché de son dos les vêtements, le bouclier, l'épée, le turban et les ornements du défunt. Il est enfin livré aux Hounyas, ou aux Djoumlis, ou Houmlis, qui le jettent à terre, lui ouvrent le corps, et en arrachent le cœur.

Quand il s'agit d'un yak, la dernière partie de la cérémonie est différente. Il est également battu, tiraillé de droite et de gauche, et abandonné à la fin au sommet de quelque montagne, la foule criant sur ses traces : « Va-t-en ! Va-t-en ! Nous t'avons fêté et nourri. Nous avons fait tout ce que nous pouvions pour toi. Nous n'en pouvons faire davantage. Va-t-en ! » Le yak, avec l'âme du mort qui est entrée en lui, est ainsi laissé à ses propres aspirations. Aussitôt que les Chokas sont partis, surgissent les Thibétains, qui le jettent au bas d'un précipice, ne pouvant, en vertu

LA CRÉMATION CHEZ LES CHOKAS : DANSE MARTIALE. — D'APRÈS UNE PHOTOGRAPHIE.

de leurs principes, verser le sang d'un yak. Dans son bond fatal, la pauvre bête est brisée, et les Thibétains, ramassant ses morceaux, se gorgent de cette viande qu'ils apprécient beaucoup.

II

Départ de Garbyang. — Adieux des Chokas. — Un passage périlleux. — Réception à Nabi. — Le docteur Wilson à Kouti. — Deux nouveaux compagnons. — Un brigand. — En marche. — Manque de combustible. — Rencontre de Thibétains. — Une reconnaissance sur le glacier de Mangchan. — Au sommet du col. — Affreuses souffrances. — Le col de Loumpiya. — Dans le Thibet. — Traces de pas.

L E jour du départ arriva. Une foule de Chokas s'étaient assemblés devant ma demeure. Je fis mes adieux à mon hôte Zeheram, à sa femme, et à ses enfants. Ils me les rendirent les larmes aux yeux.

CHEZ LES CHOKAS.

« *Salaam, sahib, salaam* », répétait Zeheram, en sanglotant et en portant respectueusement la main à son front. « Vous savez, sahib, qu'un cheval va à un cheval, un tigre à un tigre, un yak à un yak, un homme à un homme. La maison d'un homme est la maison d'un autre homme; peu importe que la couleur de leur

peau diffère ou non. C'est pourquoi je remercie le ciel de ce que vous ayez accepté un abri sous mon humble toit. Vous avez dû le trouver inconfortable, car vous autres sahibs, vous êtes riches et accoutumés au luxe. Je ne suis qu'un commerçant et un culti-

LA CRÉMATION CHEZ LES CHOKAS :
LA CHÈVRE CHARGÉE DES VÊTEMENTS DU MORT.
D'APRÈS UNE PHOTOGRAPHIE.

vateur. Je suis pauvre, mais j'ai un cœur pur. Vous, contrairement aux autres sahibs, vous m'avez toujours parlé doucement, ainsi qu'à tous les Chokas. Nous sentons que vous êtes notre frère. Vous nous avez donné des présents, mais nous n'en avions pas besoin. Le seul présent que nous souhaitions est que, lorsque vous aurez achevé votre périlleux voyage, vous nous fassiez dire que vous allez bien. Nous prierons tous pour vous jour et nuit. Nous avons mal au cœur de vous voir partir. »

Ce discours, venant de ce brave et rude gaillard que j'avais vraiment appris à aimer, était touchant, et je lui dis que j'espérais pouvoir un jour lui témoigner ma gratitude. Quand j'eus descendu l'escalier, je trouvai une véritable foule dans la cour. Chacun désirait me dire adieu. Les hommes prenaient ma main droite dans leurs deux mains et la portaient à leurs fronts, marmottant des

LA CRÉMATION CHEZ LES CHOKAS : DANSE SOLENNELLE DEVANT LA MAISON DU MORT.
D'APRÈS UNE PHOTOGRAPHIE.

paroles de regret. Les femmes caressaient gentiment ma figure, et me disaient : *Ni kou tza* : « Porte-toi bien, adieu ». C'est ainsi que les Chokas prennent congé d'amis qui partent pour les pays lointains.

Conduit par une bande de gens sincèrement chagrins, je me dirigeai vers le sentier étroit et rapide qui mène au pont de Chongour, et qui est creusé dans de hautes falaises d'argile. On n'aurait pu imaginer une procession plus lugubre. Les pâles rayons d'une nouvelle lune ajoutaient à la mélancolie de la scène, et ce bruit particulièrement impressionnant de « pas tristes », si je puis exprimer ainsi l'impressionnante cadence des pas d'hommes affligés, me remplissait l'âme d'une sensation d'infinie tristesse. J'engageai mes compagnons à retourner à la maison : les uns après les autres ils vinrent m'embrasser les pieds et me serrer la main. Puis, cachant leurs visages dans les paumes de leurs mains, ils montèrent à la file indienne le sentier gris creusé dans la haute falaise, et comme des fantômes rapetissés peu à peu, ils s'évanouirent dans le lointain.

Je m'aperçus alors que cinq de mes guides, dont un Choka nommé Katchi, et son oncle Dola, gisaient en tas, sur la route,

LA CRÉMATION CHEZ LES CHOKAS :
LA CHÈVRE POURCHASSÉE HORS DU VILLAGE.
D'APRÈS UNE PHOTOGRAPHIE.

dans un état de complète ivresse. Que faire ? Comment passer, avec ces gaillards, le pont de Chongour, qui n'était qu'à quelques centaines de mètres de là ? J'en saisis deux sous les aisselles, et les tins droits. Ce n'était pas chose facile, et je sentais la rapidité de notre marche s'accroître à chaque pas que je faisais sur le sentier raide et glissant. Nous atteignîmes, avec une vitesse de casse-cou, le pied de la montagne, et, le sentier étant tout près de l'eau, c'est un miracle que nous ne soyons pas tous descendus dans la rivière.

Quoi qu'il en soit, à notre arrêt soudain, mes deux hommes s'effondrèrent de nouveau complètement, et j'étais si épuisé qu'il me fallut m'asseoir pour prendre un peu de repos.

Katchi eut un intervalle lucide. Il regarda autour de lui, et m'aperçut pour la première fois.

« Sahib, s'exclama-t-il avec de longues pauses entre chaque mot, je suis ivre.

— C'est bien vrai, lui dis-je.

— Nous autres Chokas, nous avons cette mauvaise habitude, continua-t-il. J'ai eu à boire du *tchokti* avec mes parents et mes amis avant de les quitter pour ce long voyage. Ils auraient été offensés si je n'avais pas partagé une coupe de vin avec chacun d'eux. Maintenant je vois tout tourner. S'il vous plaît, mettez ma tête dans de l'eau froide. Oh! la lune saute dans le ciel ; elle est maintenant sous mes pieds. »

J'accédai à sa demande, et je fis faire à sa tête et à celle de Dola un bon plongeon dans les eaux glacées du Kali. Le résultat fut qu'ils s'endormirent si profondément que je pen-

LA CRÉMATION CHEZ LES CHOKAS :
LE SORCIER ARRACHANT LE CŒUR DE LA CHÈVRE.
D'APRÈS UNE PHOTOGRAPHIE.

sai qu'ils ne se réveilleraient pas. Quelques-uns des Chokas restés de sang-froid offrirent de porter les deux malades sur leur dos. Nous perdions ainsi un temps précieux, et le ciel se couvrait de nuages. Lorsque la lune eut disparu derrière les hautes montagnes, je m'avançai en reconnaissance. Tout était sombre, n'eussent été quelques étoiles brillantes qui scintillaient çà et là dans le ciel. Je me traînai jusqu'à la rivière et j'écoutai. Pas un bruit, pas une lumière sur le bord opposé. Tout était silence, ce silence mort de la nature et de la vie humaine endormies. Je m'arrêtai sur le pont ; un gros bloc qui se dresse au centre de la rivière lui sert de pile et forme, en fait, deux ponts séparés. Je franchis prudemment le premier tronçon, je m'arrêtai de nouveau, pour écouter, sur le rocher qui divise les eaux écumantes, et je

FEMME PORTANT SON ENFANT SUR SON FARDEAU. — D'APRÈS UNE PHOTOGRAPHIE.

cherchai à pénétrer l'obscurité. On ne voyait pas une âme, on n'entendait pas un bruit. Je traversai le rocher et je m'avançai vers la seconde moitié du pont, lorsque je m'aperçus, avec consternation, qu'elle avait été coupée.

Je revins à mes hommes et leur annonçai que, le pont ayant été détruit par les Thibétains, il fallait longer la rivière du côté où nous étions.

« Le sentier est tracé, me répondirent-ils. Mais il est impossible d'y passer de nuit. »

J'insistai et nous marchâmes pendant un mille ; mais Katchi et Dola dormaient toujours ; les autres étaient exténués de fatigue de les avoir portés. Il me fallait renoncer à mes projets ; ayant vu mes deux malades déposés sous un hangar et enveloppés de couvertures, je retournai à Garbyang, avec l'intention d'en repartir peu avant le lever du soleil.

LE PONT DU CHONGOUR, ENTRE LE NÉPAL ET LE KOUMAON.
D'APRÈS UNE PHOTOGRAPHIE.

Je repartis en effet à 4 heures; quand je fus arrivé à l'endroit où j'avais laissé les deux hommes, je ne les trouvai plus : ils étaient allés en avant.

Nous arrivâmes au point où le sentier s'arrêtait. Devant nous était un rocher perpendiculaire, qui descendait au Kali droit comme un mur. L'action corrosive de l'eau tombée goutte à goutte et de la neige fondante en avait absolument poli la surface. La largeur de cette paroi verticale n'était pas de plus de 12 ou 15 mètres; de l'autre côté, le sentier recommençait. C'est à cause de ce passage, et d'autres aussi dangereux, que ce sentier n'est employé que rarement, et qu'on préfère la route du bord opposé du Kali, en territoire népalais. Cependant quelques Chokas possèdent des pièces de terre sur la rive

où nous étions, et, pour pouvoir passer, ils avaient imaginé
l'expédient suivant : en attachant un homme à une corde et en le
tenant d'en haut, ils avaient réussi à lui faire creuser dans le
rocher deux rangées de petits trous, le long de deux lignes horizontales parallèles, dont la plus haute était d'environ six pieds
au-dessus de la plus basse ; les trous sont creusés à des intervalles de trois à quatre pieds sur chaque rangée ; ceux d'en
haut sont destinés à être saisis par les mains, ceux d'en bas à
supporter les pieds ; aucun de ces creux n'a plus de quelques
pouces de profondeur.

Le passage semblait devoir être dangereux en tout temps, et
impossible en ce moment, parce que la pluie fine qui s'était
établie avait mouillé les rochers et les avait rendus glissants
comme du verre ; mais je me rendis compte qu'il fallait risquer
l'affaire à tout prix. Avec une assurance affectée, j'ôtai donc
mes bottines, et j'allai de l'avant.

Je ne pouvais voir d'aucun côté, car je m'accrochais de tout
mon corps à la muraille, sentant mon chemin avec mes orteils et
mes doigts. Les cavités étaient, en fait, si peu profondes qu'on
avançait lentement et à grand'peine. Je finis cependant par
atteindre l'autre extrémité de la muraille et par poser le pied sur
le sentier qui n'avait que quelques centimètres de largeur.
Chanden Sing me suivit, et arriva également au port sans
encombre.

Je fus heureux de découvrir, un peu plus loin, des traces
toutes fraîches de pas, que je reconnus pour celles de nos deux
Chokas, partis en avant. Après un voyage mouvementé sur la
piste étroite et dangereuse, et de nombreuses montées et des-
centes, nous arrivâmes enfin à Nabi. Là, je retrouvai en bon
état mes charges, qui avaient été transportées par la rive
népalaise, avant que les Thibétains eussent détruit le pont de
Chongour, ainsi que Katchi et Dola, remis de leur ivresse de la
veille. Pour racheter, sans doute, leur mauvaise conduite, et
probablement pour me la faire oublier, ils avaient dû engager
les indigènes à nous recevoir avec une cordialité particulière.

LA ROUTE À PIC. — D'APRÈS UN DESSIN DE M. SAVAGE LANDOR.

Et ceux-ci m'invitèrent, en effet, avec de grandes démonstrations d'hospitalité, à passer la nuit dans leur village. Je fus conduit à une échelle assez primitive, et hissé, par en haut et par en bas, sur un toit en pisé sur lequel avait été posée une tente, avec des nattes et des tapis. Je ne m'y étais pas plus tôt étendu qu'une bande d'hommes, de femmes, d'enfants arriva, portant des plats, avec du riz servi sous une forme particulièrement somptueuse, du *dhal* ou viande, du *balab* (tiges de sarrasin bouillies), du lait, du lait caillé, du grain frit au sucre, des *tchapatis*, des sucreries, du vin et des liqueurs indigènes.

Pendant le repas, on servit du thé sous toutes sortes de formes. Il y avait là du thé chinois et du thé hindou, du thé avec sucre, du thé sans sucre, du thé avec du lait et du thé avec du beurre et du sel, du thé clair et du thé foncé, du thé doux et du thé amer, en un mot du thé en telle abondance que, si amateur que je sois de ce breuvage, j'en vins à souhaiter qu'on n'eût jamais cueilli une feuille de thé, et qu'on ne l'eût jamais fait infuser dans l'eau bouillante.

Le lendemain, je fus rejoint par le docteur Wilson, qui m'avait offert de m'accompagner dans le Thibet, pendant quelques étapes. Nous fîmes aussi rapidement que possible la route de Nabi à Kouti, que je connaissais déjà ; notre voyage se passa sans aucun incident digne d'être noté ; les ponts de neige et les névés qui nous avaient arrêtés avaient fondu et disparu entièrement. A Kouti, nous nous occupâmes à peser, partager et emballer en charges égales les provisions que j'avais achetées ; quatorze *munds* (1 120 livres) de farine, riz, sucre rouge *(ghour)*, du sel, du poivre rouge (32 livres), du *dhal*, du *miseri* (sucre en pains), du *ghi* (beurre) et une grande quantité de *satou* (farine d'avoine) et de grain bouilli. Après avoir éliminé tout ce qui n'était pas absolument essentiel, nous découvrîmes qu'il y avait encore des charges supplémentaires pour au moins deux hommes forts. Tous les Chokas disponibles s'étaient joints à notre expédition ; aucune des promesses que je pus faire ne m'amena de nouveaux volontaires. Comme je ne voulais pas risquer encore des retards, j'étais sur le point de subdiviser entre mes hommes ces deux charges extra, lorsque arrivèrent deux bergers errants, faméliques et nus, aux cheveux depuis longtemps vierges de peigne, n'ayant en fait de vêtements qu'un collier de corail et un bracelet d'argent. Je requis immédiatement leurs services, bien que l'un d'entre eux ne fût encore qu'un adolescent. Ma petite troupe se trouvait ainsi composée de trente hommes, et j'étais prêt à partir.

Avant de quitter Kouti, je voulus visiter le curieux et ancien château perché sur une petite colline, à environ 300 mètres au sud du village. Il est en ruine, à l'exception d'une tour quadrangulaire, appelée Kouti Ker par les indigènes; mais on peut voir encore facilement les fondations de l'édifice. Les habitants ne purent me donner aucun renseignement, si ce n'est que c'était autrefois le palais très sérieusement fortifié d'un roi. La tour a quatre mètres carrés à sa base, et est construite en pierre. Je suis assez enclin, à cause de sa forme et de celle de ses fenêtres, qui sont plutôt de simples fentes, à l'attribuer aux Thibétains, car on peut voir des tours identiques au Thibet, et déjà à Taklakot.

Nous partîmes enfin, dans l'après-midi, de ce village de Kouti, qui est le plus haut du Bias, étant situé à 3 940 mètres d'altitude, Notre route était relativement dégagée de neige et de glace, mais çà et là nous avions à parcourir des pentes de neige assez

LE CHÂTEAU DE KOUH — D'APRÈS UNE PHOTOGRAPHIE.

étendues. Nous campâmes à 3 980 mètres. Dans la soirée arrivèrent mes deux nouveaux coulis, qui étaient restés en arrière ; c'étaient deux assez étranges personnages. L'un était triste et maussade, l'autre vif et bavard. Tous deux prétendaient être de caste radjpoute.

« Voyez, s'exclamait le plus gai des deux. Je suis petit, mais je ne crains rien. Lorsque nous serons arrivés au Thibet, j'irai en avant, avec un bâton pointu, et je ferai partir tous les Thibétains. Je n'ai pas peur d'eux ; je suis prêt à combattre le monde entier. »

MANSING, LE FIDÈLE LÉPREUX.
D'APRÈS UNE PHOTOGRAPHIE.

Je connaissais la valeur de ce genre de discours, et j'envoyai mon homme chercher du bois. Le couli maussade m'intéressait davantage. Il prononçait rarement une parole, et jamais une parole agréable. Il semblait plongé dans de profondes pensées, dont il ne pouvait se détacher qu'avec un grand effort. Il avait l'air malade : sans mouvement et sans voix, il fixait parfois les yeux sur un point quelconque, comme dans l'angoisse. Ses traits étaient particulièrement affinés et réguliers, mais sa peau avait cette affreuse teinte blanchâtre et brillante qui est si particulière aux lépreux. J'attendais une occasion d'examiner ses mains, mais il les cachait soigneusement. C'est là, en effet dans les doigts contractés ou tombants, qu'on trouve les premiers symptômes certains de la plus terrible des maladies, la lèpre. Je demandai à l'homme de venir et de s'asseoir près du feu ; il vint et tendit à la flamme ses paumes ouvertes. Hélas ! mes soupçons n'étaient que trop fondés. Ses mains tordues et contractées, avec la peau malade aux phalanges, me le montraient trop clairement. Je regardai ses pieds et j'y vis les mêmes symptômes. « Quel est ton nom ? lui demandai-je.

MANSING, LE FIDÈLE LÉPREUX.
D'APRÈS UNE PHOTOGRAPHIE.

— Mansing », dit-il sèchement ; et il s'absorba de nouveau dans ses rêveries.

Le feu mourait peu à peu lorsqu'un Thibétain à taille élancée apparut, courbé très bas sous le poids d'un énorme tronc d'arbre qu'il portait sur le dos. Il s'approcha et jeta le bois dans le feu. C'était encore un autretype. Fort comme un bœuf, ce couli avait de bizarres antécédents : il avait été pendant un temps, un bandit très connu des environs de Lhassa. On disait qu'il avait tué bien des gens, et que, trouvant sa propre vie en danger dans son pays, il était venu s'établir de ce côté de la frontière, épousant différentes femmes, qu'il battait comme plâtre et qu'il bannissait tour à tour de son foyer. C'était sa dernière querelle domestique qui l'avait engagé à se mettre à mon service ; sa force extraordinaire, précieuse pour porter des charges, était à mes yeux sa seule recommandation. Dans le camp, on lui donnait le nom de Dakou, « le brigand ».

Mon camp offrait un bizarre assemblage. Il y avait là des Houmlis et Djoumlis, aux luxuriants cheveux noirs, noués en petites tresses, avec un toupet sur la tête, comme les Coréens. Il y avait des Thibétains, des Chokas de Bias, des Rongbas, des Népalais, des Radjpouts, des Totolas, un Brahmane, deux chrétiens indigènes, un Djohari, enfin le docteur Wilson. Quelle collection, quel chaos de langues et de dialectes !

Un trait amusant de cette bande, c'était que chaque caste particulière regardait les autres avec mépris. Les gens se séparaient pendant les repas, et le camp s'éclairait d'autant de feux brûlant sous autant d'abris qu'il y avait de castes dans ma suite. J'en étais satisfait, car cela semblait me garantir que tous ces gens ne pourraient jamais se liguer ensemble contre moi.

Le lendemain, nous suivîmes, à une grande altitude, le lit du Kouti, dont la direction générale

BRIGAND THIBÉTAIN. — D'APRÈS UNE PHOTOGRAPHIE.

est de l'Ouest à l'Est, et, après une journée fatigante, nous campâmes dans une vallée bien abritée, à près de 4 700 mètres.

Un des principaux inconvénients de notre voyage à ces hautes altitudes était le manque de combustible végétal. On ne pouvait voir, de notre camp, ni un arbre, ni un buisson ; la nature avait son aspect le plus désolé et le plus nu. Faute de bois, mes hommes se dispersaient pour recueillir et rapporter la bouse desséchée des yaks, des chevaux et des moutons. Ce n'était pas facile à allumer ; nous y usions boîte après boîte d'allumettes, et la force réunie de nos poumons, fonctionnant comme des soufflets, n'arrivait qu'à faire monter de quelques pouces la flamme de ces brasiers récalcitrants.

Ce soir-là, nous fîmes particulièrement maigre chère. La nuit fut cruellement froide et la neige tomba serrée ; quand nous nous levâmes, il y en avait deux pieds autour de nous. Je fis l'appel de mes hommes : Mansing manquait. Il n'était pas arrivé la veille, et pas de traces non plus de l'homme que j'avais envoyé pour le chercher. J'étais inquiet, non-seulement pour sa charge, consistant en farine, sel, poivre, et cinq livres de beurre, mais pour lui-même, le pauvre lépreux, et je craignais qu'il n'eût été entraîné par un torrent.

Ce fut longtemps après le lever du soleil, qu'à l'aide de ma lunette je vis les deux hommes venir vers nous ; ils étaient au camp une heure plus tard. Mansing avait été trouvé profondément endormi, à quelques milles en arrière, à côté d'un pot de beurre vide, dont il avait dévoré le contenu. La découverte de son méfait causa la plus grande indignation dans le camp, car les indigènes aiment beaucoup la graisse et le beurre, qui réchauffent lorsqu'on franchit ces froids passages. Mansing fut presque lynché par mes hommes, et j'eus beaucoup de peine à le retirer de leurs griffes. Pour prévenir le retour d'une semblable offense, j'ordonnai au coupable de porter à l'avenir une lourde charge de plaques et d'instruments de photographie.

Avant de partir, je pris mon bain ordinaire dans la rivière, et je me frottai tout le corps avec de la neige. Je trouvais ce procédé très fortifiant, et lorsque la réaction se produisait, j'avais une délicieuse sensation de chaleur, malgré la minceur de mes vêtements.

Tandis que nous campions, un troupeau de moutons apparut, et avec lui quelques Thibétains. Comme j'avais dressé ma tente thibétaine, ils étaient venus, s'attendant à rencontrer des compatriotes, et leur embarras fut amusant à observer, lorsqu'ils se

LORSQUE NOUS NOUS RÉVEILLÂMES, NOUS ÉTIONS COUVERTS DE NEIGE. — D'APRÈS LA PEINTURE DE M. SAVAGE LANDOR.

trouvèrent face à face avec le docteur Wilson et moi. Ils ôtèrent rapidement leurs bonnets de fourrures, les posant à côté d'eux sur le sol, et firent une curieuse révérence saccadée, comme si

LA NEIGE À 4 800 MÈTRES. — D'APRÈS UNE PHOTOGRAPHIE.

leurs têtes et leurs genoux étaient mus par un ressort. Ils tirèrent en même temps leurs langues de toute leur longueur, et les tinrent ainsi jusqu'à ce que je leur eusse fait signe de les rentrer. Cette rencontre imprévue les effrayait beaucoup; ils étaient tout tremblants de peur; après avoir obtenu d'eux tous les renseignements qu'ils me semblaient pouvoir donner, je profitai de l'occasion pour leur acheter quelques-uns de leurs moutons les plus gras. Quand ils eurent reçu l'argent, il y eut un nouveau déploiement de langues tirées, et de plus grands *salaams*.

Nous nous élevâmes graduellement jusqu'à un col de 4 750 mètres; puis, traversant un vaste plateau, nous suivîmes de nouveau le Kouti encadré de hautes montagnes blanches. La limite des neiges persistantes est ici à 4 800 mètres; au-dessous la neige fond chaque jour, sauf sur quelques points à l'ombre. On voyait encore des fleurs rouges et blanches, ainsi que des couples de petits papillons noirs et blancs. Du confluent du Mangchan, nous eûmes à traverser, pieds nus et dans l'eau glacée, les nombreuses branches des deux cours d'eau, et nous campâmes sur la rive droite de cette rivière, au pied de la haute chaîne de montagnes qui s'étend au Nord. Directement devant nous se dressait l'obstacle final, l'énorme épine dorsale de l'Himalaya; cette muraille franchie, je serais sur ce haut plateau thibétain, justement et pittoresquement appelé « Toit du Monde ». De Kouti j'avais envoyé en avant un Choka du nom de Nattou, pour voir s'il était possible de franchir la chaîne par la passe de Mangchan; par là j'aurais pu faire plusieurs étapes dans le Thibet sans crainte d'être découvert, et éviter les soldats que le Djong Pen de Taklakot avait postés, me disait-on, à la passe de Lippou. Nattou arriva au camp presque en même temps que nous; il était défait, fatigué, il avait rencontré une neige épaisse, une glace craquelée, il avait failli être enseveli sous une avalanche, et avait battu en retraite avant d'atteindre le sommet du col. Le récit pathétique de ses infortunes eut un effet déprimant sur mes hommes. Je les assurai que je ne croyais pas Nattou, et que j'irais voir moi-même.

Il était quatre heures et demie du soir. Je quittai notre camp, qui était à 4 925 mètres, en compagnie du docteur Wilson, qui voulait venir avec moi, de Katchi Ram, d'un couli Rongba, et de Bidjesing le Djohari. Chanden Sing, le seul de mes hommes auquel je pusse me fier, fut chargé de garder le camp en notre absence.

Nous suivîmes d'abord le cours du Mangchan, sans chemin tracé, sur de grandes pierres glissantes, très pénibles à la marche; nous arrivâmes en vue des magnifiques terrasses vert pâle du glacier de Mangchan, qui est surmonté de vastes névés s'étendant dans la direction du sommet du col. A voir les pentes pierreuses semblables à celles d'une moraine terminale, par lesquelles nous avions passé, je conclus que le glacier devait s'être beaucoup retiré.

ENTREVUE DE L'AUTEUR ET DES BRIGANDS THIBÉTAINS. — D'APRÈS UN DESSIN DE M. SAVAGE LANDOR.

Nous laissâmes le glacier à notre droite (5 429 mètres d'altitude), et, nous dirigeant droit au Nord, nous entreprîmes l'ascension du col. La pente était d'une raideur effrayante, la neige si molle et si profonde que nous y enfoncions jusqu'à la taille.

Elle alternait avec des pierres roulantes et des roches pourries sur lesquelles nous n'étions pas mieux. A 5 800 mètres, nous eûmes à passer assez longtemps sur de la neige molle couvrant un glacier fissuré. Nous avions à prendre d'autant plus de précautions que nous n'avions, pour nous éclairer, que la lumière de la lune. Un peu plus haut, heureusement, les crevasses disparurent, mais je commençai à éprouver une curieuse sensation d'épuisement, que je ne connaissais pas encore. Au coucher du soleil, le thermomètre descendit, en quelques minutes, de 22 degrés. Ce changement subit nous affecta tous plus ou moins, mais nous continuâmes, à l'exception de Bidjesing, qui fut atteint si violemment du mal de montagne qu'il lui fut impossible d'avancer. Le docteur Wilson, bien que très éprouvé, haletant, sentant, comme il le disait, du plomb dans ses jambes, lutta bravement jusqu'à ce que nous eûmes atteint 6 250 mètres. Là il s'arrêta, anéanti. Nous poursuivîmes notre route, Katchi Ram, le Rongba et moi, mais nous souffrions également : Katchi Ram se plaignait de violents battements dans les tempes, et de bourdonnements dans les oreilles. Il haletait, lui aussi, et marchait péniblement, menaçant de tomber à chaque minute. A 6 400 mètres il s'affala dans la neige, et s'endormit aussitôt, respirant lourdement. Ses pieds et ses mains étaient froids comme la glace, et je les lui frottai. Mais ce qui me donna surtout de l'inquiétude, ce furent les battements irréguliers de son cœur. Je l'enveloppai dans sa couverture et dans mon waterproof, puis je criai au docteur, en lui disant ce qui nous arrivait, que j'allais monter aussi haut que possible avec le Rongba.

Un brouillard épais survint et nous enveloppa, ce qui rendit notre situation encore plus pénible : nos poumons se convulsaient, comme s'ils allaient sauter, nos pouls se précipitaient, nos cœurs palpitaient, comme sur le point de sortir de nos corps ; nous étions épuisés et envahis par une irrésistible somnolence ; cependant nous finîmes par atteindre le col, et ce fut une satisfaction pour moi, bien que j'eusse compris depuis longtemps l'impossibilité d'y faire passer mes hommes.

Quoique presque anéanti par la fatigue, je pus prendre note de mes observations. Nous étions à 6 700 mètres d'altitude, il était onze heures du soir, et il soufflait un fort et cinglant vent du Nord-Est. Comme j'avais eu la bêtise de laisser mon thermomètre à Katchi, je ne pus noter la température. Je sais seulement que le froid était intense. Les étoiles étaient extraordinairement brillantes, et la lune éclaira un moment le panorama qui m'entourait. La vue était absolument désolée : elle avait néanmoins une curieuse et indescriptible fascination. Au-dessous de moi, au Sud, se dressaient des massifs montagneux ensevelis dans la neige, et, au Sud-Ouest et au Nord-Est, on voyait des pics plus hauts encore que le col où nous étions. Au Nord, c'était le plateau immense et désolé du Thibet avec ses ondulations et le désordre de ses chaînes, au delà desquelles on pouvait apercevoir, très loin, une haute rangée de montagnes avec des pics neigeux.

J'avais à peine contemplé ce spectacle pendant quelques minutes que le brouillard se leva de nouveau, et que j'en vis sortir un fantôme gigantesque. C'était, au centre d'un cercle lumineux, une grande et sombre apparition, dans les plis d'un voile énorme de brouillard. L'effet était écrasant. Il me fallut quelques instants pour m'apercevoir que le spectre avait mes traits, et qu'il n'était qu'une fluide représentation de moi-même, dans des proportions colossalement grandies. J'étais, en un mot, au centre d'un arc-en-ciel lunaire.

Le Rongba était tombé épuisé, et je me sentais si faible, avec l'horrible pression sur mes poumons, que, malgré tous mes efforts, je tombai moi aussi sur la neige. Le couli et moi, frissonnant à faire pitié, nous partageâmes la même couverture pour obtenir un peu de chaleur. Nous étions saisis tous deux

UN SPECTRE. — D'APRÈS LA PEINTURE DE M. SAVAGE-LANDOR.

d'une somnolence invincible, comme si nous avions pris un fort narcotique. Je luttai vigoureusement contre le sommeil, car je savais bien que si mes paupières se fermaient, elles resteraient fermées pour toujours. J'appelai le Rongba. Il dormait profondément. J'employait mon dernier atome d'énergie vitale à garder mes yeux ouverts.

Le vent soufflait, fort et mordant, avec un bruit si violent, que je crois l'entendre résonner encore à mes oreilles. Cela semblait le chuchotement de la mort. Le Rongba, rampant et claquant des dents, gémissait, et ses subits tressaillements témoignaient d'une grande souffrance. Ce n'était qu'une simple charité de lui donner la couverture, qui était trop petite pour nous deux ; je la lui serrai donc autour de la tête et du corps. Il était plié en deux, le menton sur les genoux. Mon effort fut suffisant pour me faire perdre les forces avec lesquelles je luttais contre la nature. Pareil à un sujet qui, sous une influence hypnotique, sent sa propre volonté l'abandonner soudain, je sentis combien il était inutile de continuer à lutter contre les puissances surnaturelles qui m'accablaient. Tombant en arrière sur la neige, je fis un dernier effort désespéré pour regarder les étoiles : ma vue s'obscurcit... Combien de temps dura cet état de demi-conscience, je ne sais. J'essayai de dire : « Dieu ! comme c'est affreux ! Docteur ! Katchi ! » Ma voix restait étranglée dans ma gorge. Ce que je voyais, était-ce bien réel ? Les deux hommes, comme morts gelés à côté l'un de l'autre, semblaient étendus sur cette vaste surface de neige, sans mouvement, comme des statues de glace. En rêve, j'essayai de les relever. Ils étaient complètement rigides. Je m'agenouillai à côté d'eux, les appelant, essayant, avec une ardeur frénétique, de les rappeler à la conscience et à la vie. Stupéfait, je tournai la tête pour voir Bidjesing, mais, à ce moment, tout sentiment de vie sembla s'arrêter en moi. Je me vis enfermé dans une prison, rapidement resserrée sur moi, de glace transparente. Il m'était facile de comprendre que je ne serais bientôt plus, comme mes compagnons, qu'un bloc de glace solide. Mes jambes, mes bras étaient déjà pris. Frappé d'horreur, comme je l'étais, à l'approche d'une mort si désespérée et si horrible, mes sensations étaient cependant accompagnées d'une langueur et d'une lassitude inexprimables, mais qui n'avaient rien de déplaisant. Dans une certaine mesure, la pensée et l'étonnement vivaient encore en moi. Allais-je m'évanouir sans souffrance, préférant à l'effort le repos et la paix, ou engager une dernière lutte pour me sauver ? A chaque minute la glace semblait se refermer davantage. J'étouffais.

Je m'efforçai de crier, de secouer le poids qui me suffoquait. Je fis comme un violent plongeon, et tout disparut... Katchi gelé, le docteur, la tombe transparente, tout cela n'était que néant.

Je pus enfin ouvrir les yeux, qui me faisaient mal, comme si on y avait piqué des aiguilles. Il neigeait ferme. J'avais perdu temporairement l'usage de mes jambes et de mes doigts, qui étaient gelés. J'eus un choc si violent, en voyant combien j'avais été près de la mort, qu'en me réveillant de cet affreux cauchemar je me rendis compte qu'il était absolument et immédiatement nécessaire de descendre à un niveau inférieur. J'étais déjà couvert d'une couche de neige, et ç'avait été, je suppose, la froide pression de la neige sur mon front qui avait provoqué mon rêve. Il est probable que, sans cette hideuse vision qui me secoua les nerfs, je ne me serais jamais réveillé.

Je me levai avec difficulté, et, en les frottant et les frappant, je repris l'usage de mes membres inférieurs. J'éveillai le Rongba, je le frottai, je le secouai jusqu'à ce qu'il fût capable de se mouvoir, puis nous commençâmes la descente. Sans doute, c'est une grande satisfaction de monter une haute montagne ; mais peut-on la comparer à celle qu'on trouve à la descendre ?

Nous glissâmes, dans le brouillard, sur des pentes neigeuses, puis sur des masses de pierres roulantes que nos pas détachaient avec un bruit assourdissant. Des cris d'appel nous révélèrent la présence du docteur, que nous retrouvâmes heureusement en vie, mais dans un état assez lamentable. Quant à Katchi, que nous recueillîmes plus bas, il avait dormi

CHAÎNE DE L'HIMALAYA. — D'APRÈS UNE PHOTOGRAPHIE.

comme une souche, roulé dans sa couverture et dans mon pardessus. Il était maintenant tout à fait reposé.

Réunis de nouveau, nous continuâmes donc à descendre, échangeant nos impressions et nos sensations. L'ascension du glacier au sommet du col nous avait pris quatre heures et demie ; la descente ne nous demanda que la dixième partie de ce temps.

Nous arrivâmes au camp dans les premières heures du matin. L'inquiétude de nos gens était grande ; ils avaient abandonné toute espérance de nous revoir, mais ils furent entièrement rassurés quand je leur annonçai que, plus tard dans la matinée, nous passerions par le col de Loumpiya.

Nous partîmes à neuf heures du matin. Notre route montait graduellement vers le Nord-Ouest, puis vers le Nord-Est, jusqu'à un plateau situé à l'altitude de 5 290 mètres et couvert d'une neige épaisse. La marche, qui ce jour-là avait été facile, devint pénible ; les coulis enfonçaient dans la neige jusqu'aux genoux, souvent même jusqu'à la taille. Cependant ils ne faisaient entendre ni un murmure, ni un mot de reproche. Nous étions arrivés au pied d'une pente très raide, ayant à notre gauche un glacier dont la chute avait plus de 30 mètres de hauteur. Le docteur et moi, nous marchions en tête. Dans notre hâte d'atteindre le sommet, incapables de discerner la piste, qui était couverte de plusieurs pieds de neige, nous nous trompâmes de direction, et ayant péniblement grimpé pendant plus d'une demi-heure sur une pente couverte de débris, nous atteignîmes le sommet de la chaîne, à 5 720 mètres, à une grande hauteur au-dessus du col. Trois de nos hommes nous avaient accompagnés ; les autres avaient pris plus à l'Ouest, le long du glacier.

Nous trouvâmes un abri sous un grand rocher. A l'aide de ma lunette, j'observai le plateau qui s'étendait devant moi. D'énormes masses de neige couvraient le versant thibétain de l'Himalaya, aussi bien que les chaînes inférieures dressées immédiatement en face de nous, presque parallèlement à notre chaîne. Six cents mètres plus bas coulait, dans une large

vallée nue, une rivière qui prend plus loin le nom de Dama-
Yankti ou Loumpiya-Yankti. Dans le lointain, on voyait un
plateau, élevé de 250 mètres environ au-dessus de la rivière,
s'étendre sur plusieurs milles, semblable à un gigantesque
talus de chemin de fer; enfin, bien loin au Nord, une chaîne de
hautes montagnes bleues et neigeuses, sans doute la chaîne
de Gangri, avec le pic de Kaïlas.

Ayant suivi un mauvais sentier, nous eûmes à redescendre,
par de dangereux rochers et des débris, jusqu'au col lui-
même, qui est à 5 536 mètres d'altitude. De là nous descendîmes aussi rapidement que possible sur le versant thibétain,
pour échapper au vent aigre et froid des hauteurs; nous atteignîmes le niveau de la rivière, et nous pûmes dresser nos tentes
sur la neige à 5 150 mètres d'altitude. Il n'y avait là ni bois, ni
bouse de yak ou de cheval, ni lichens, ni mousse, rien en un
mot avec quoi l'on pût faire un feu. Nos hommes trouvèrent
dur, après une journée si fatigante, d'être obligés d'aller se
coucher sans avoir eu un bon repas. Mais ils croient, et avec
raison, que manger des aliments froids à de telles altitudes
et à de si basses températures amène sûrement la mort. C'est
pourquoi ils préféraient ne rien manger.

La tempête fit rage toute la nuit. Elle durait encore lorsque
nous repartîmes le matin. J'étais un peu en avant lorsque, à
ma grande surprise, je remarquai, à 200 mètres environ du
camp, une double série de traces récentes de pas sur la neige.
J'acquis bientôt, en les examinant, la certitude qu'elles venaient
d'un Thibétain. Il n'y avait pas de doute que nous n'eussions été
espionnés et surveillés. Mes hommes, très inquiets depuis que
nous étions sur ce versant de l'Himalaya, dissertaient anxieusement sur l'origine de ces pas. Quelques-uns pensaient
que l'homme devait être un *dakou* ou brigand, et que dans la
soirée nous allions être attaqués par toute la bande; d'autres
soutenaient que l'espion ne pouvait être qu'un cipaye envoyé
par les officiers de Gyanema pour surveiller nos mouvements.
De toutes façons, l'incident fut considéré comme de mauvais

MA CARAVANE PASSANT LE COL DE LOUMPIYA. — D'APRÈS UNE PHOTOGRAPHIE.

augure, et, pendant tout le reste de notre marche, nous ne cessâmes de voir ces pas.

Nous marchions sur un terrain plat ou légèrement ondulé; mais nous eûmes à traverser une rivière glacée, ayant de l'eau jusqu'à la taille, et mes hommes furent bientôt si épuisés que nous dûmes faire halte à 5078 mètres. Le froid était intense, nous n'avions toujours aucun combustible; il soufflait un vent furieux, et une neige épaisse tomba dans la soirée. Plus tard, le temps s'éclaircit. Les coulis, à moitié morts de faim, vinrent se plaindre de ne pouvoir encore trouver de quoi faire cuire leur nourriture; ils déclarèrent qu'ils allaient me quitter. La position était critique; je pris immédiatement ma lunette et je montai au sommet d'une petite éminence. Il était curieux de voir quelle foi illimitée les coulis avaient dans mon instrument. Je redescendis avec la nouvelle rassurante qu'un jour de marche de plus nous amènerait à une grande provision de combustible.

Ils se hâtèrent alors de reprendre leurs charges et repartirent, avec une énergie inaccoutumée. Six heures de marche nous menèrent en effet dans un endroit abrité, où croissaient quelques lichens et quelques fourrés. Si nous étions arrivés soudain dans la Forêt Noire ou dans la vallée de Yosemite, notre enchantement n'aurait pas été plus grand. Ici, le plus haut de ces buissons n'avait pas plus de quinze à vingt centimètres de hauteur au-dessus du sol, et le diamètre du plus grand morceau de bois que nous pûmes recueillir était plus petit que celui d'un crayon ordinaire. Fiévreusement, toutes les mains se mirent à l'ouvrage pour déraciner ces plantes.

Le soir, les mêmes mains étaient occupées aux différents soins de la cuisine, et les mets fumants venaient réchauffer un peu l'estomac de nos coulis affamés. Le bonheur régnait dans le camp, et toutes les dernières fatigues étaient oubliées.

Une nouvelle surprise nous attendait à notre réveil. Deux Thibétains, déguisés en mendiants, étaient venus vers nous, disant souffrir de la faim et du froid. Sur un plus ample examen, ils reconnurent qu'ils étaient des espions envoyés par l'officier de Gyanema, pour savoir si un *sahib* avait passé la frontière.

Nous avions tant à faire le matin et il faisait si froid qu'il était devenu très désagréable de se laver, et que j'y avais renoncé, au moins provisoirement. Nous étions brûlés du soleil, nous portions des turbans et des lunettes noires, de sorte que les Thibétains s'en allèrent avec l'impression que notre expédition consistait en un docteur hindou, son frère, et une caravane de domestiques, dont aucun n'avait vu venir un sahib, et qu'elle faisait un pèlerinage au lac sacré de Mansarouar et au mont Kaïlas.

Devant nos hommes, nous affectâmes de plaisanter de l'incident. Néanmoins, Wilson et moi, nous nous consultâmes sur nos projets immédiats. Voulions-nous accomplir une marche rapide pendant la nuit sur la montagne à notre droite, et nous diriger à l'Est, vers la jungle, ou voulions-nous marcher droit au chef de Gyanema et à ses soldats? Nous décidâmes d'aller à leur rencontre plutôt que de nous détourner de notre chemin, et je donnai des ordres pour que le camp fût aussitôt levé.

III

Lama Chokden. — Le mont Kaïlas. — Les *kiangs*. — Le fort de Gyanema. — Conférences avec les officiers thibétains. — Bruits de trahison. — Le Barca Tarjum. — Nouvelles conférences. — Autorisation d'aller au lac Mansarouar donnée et retirée. — Retraite simulée. — Départ avec six coulis. — Des lacs à 5 400 mètres. — Nuit dans la neige.

Nous étant légèrement détournés vers le Nord-Est, nous arrivâmes au passage de Lama Chokden, qui est protégé par un poste thibétain. Les soldats qui y étaient semblaient très misérables; non seulement ils ne s'opposèrent pas à notre marche, mais ils nous mendièrent de l'argent et des vivres. Ils se plaignaient d'être maltraités par leurs supérieurs, et de ne recevoir des vivres que de loin en loin. Leurs tuniques étaient en lambeaux; chaque homme portait un sabre placé devant lui, au travers de sa ceinture.

On nous demanda naturellement des nouvelles du jeune sahib qui avait passé à Kouti, et voulait entrer dans le Thibet par le col de Loumpiya, mais qui, d'après les ordres transmis de Taklakot à l'officier de Gyanema, devait en être empêché à tout prix. La description qu'ils faisaient de moi était fort amusante, et quand ils dirent que, s'ils voyaient le sahib, ils lui couperaient la tête, je me sentis si touché de leur confiance et de leur bonhomie, que j'exprimai le désir de leur distribuer quelques roupies.

« N'en faites rien, me dirent d'un commun accord Katchi et le docteur. Ces gaillards sont comme les deux doigts de la main avec les bandes de *dacoits ;* ceux-ci apprendront bientôt que nous avons de l'argent, et nous serons en grand danger d'être attaqués la nuit. »

J'insistai pour leur faire un présent.

« Non, monsieur, s'écria Katchi effrayé. Ne le faites pas, ou nous ne verrons plus la fin de nos malheurs. Si vous leur donnez quatre annas, ce sera bien assez. »

En conséquence, cette grosse somme fut déposée dans la main tendue de l'officier. Pour montrer sa satisfaction, il tira sa langue de toute sa longueur, agitant ses deux mains de mon côté, et s'inclinant gauchement en même temps. Il avait auparavant ôté son bonnet de fourrure et l'avait jeté à terre. Tout cela pour un cadeau de moins de huit sous.

Pendant ce temps, les nuages s'étaient dispersés du côté du Nord, et le mont neigeux de Kaïlas se dressait majestueusement devant nous. Ressemblant assez bien au toit gracieux d'un temple, le Kaïlas s'élève au-dessus d'une longue chaîne de montagnes blanches et contraste, par l'éclatante beauté de ses teintes, avec la couleur terre de sienne des montagnes moins élevées. Le Kaïlas est d'environ 600 mètres plus haut que les autres pics de la chaîne du Gangri ; les corniches bien marquées des terrasses montrent ses stratifications, et sont couvertes de couches horizontales de neige qui ressortent, en teintes brillantes, sur le fond sombre des rocs, usés par la glace. Les Thibétains, les Népalais, les Chokas, les Houmlis, les Djoumlis, les Hindous ont tous une grande vénération pour cette montagne, dans laquelle ils voient la demeure des dieux bienfaisants, spécialement de Siva. D'après les Hindous, la corniche qui s'étend à sa base est la marque laissée par les cordes dont les diables (*Rakas*) se sont servis pour enlever le trône de Siva.

Mes hommes, la tête découverte, le visage tourné vers le pic sacré, murmuraient des prières. Les mains jointes, élevées lentement jusqu'au niveau du front, ils priaient avec ferveur, et tombaient à genoux, la tête baissée vers la terre. Mon domestique, le brigand, me dit à l'oreille que je ferais bien de me joindre à cet acte de dévotion, afin de me conserver la faveur des dieux. Pour lui complaire, je saluai la montagne avec le plus grand respect, et, faisant ce que je voyais faire aux autres, je mis une pierre blanche sur un des très nombreux *chokdens* ou *obos* (piliers de pierre) élevés en cet endroit par des dévots.

Nous établîmes notre camp sur le bord d'une grande plaine alluviale qui, selon toute apparence, devait avoir été l'ancien lit d'un lac. Je pouvais facilement voir avec ma lunette, au pied d'une petite colline, l'ancien camp de Karko. Il y avait là beaucoup de tentes, mais mes hommes parurent rassurés lorsque nous pûmes conclure, de leur forme et de leur couleur, que c'étaient celles des Djokaris de Nilam, qui viennent là commercer avec les Thibétains. Au delà de Karko resplendissait une nappe d'eau brillante, le lac de Gyanema, et, plus loin, quelques chaînes relativement basses. Dans le lointain on voyait un certain nombre de pics neigeux.

Le lendemain nous traversâmes la grande plaine alluviale, puis une petite vallée. Pendant notre marche, nous rencontrâmes de nombreux troupeaux de *kiangs* (hémiones ou chevaux sauvages), dont quelques-uns s'approchèrent à nous toucher. Par leurs formes et leurs mouvements, ils ressemblaient à des zèbres, mais leurs robes étaient, pour la plupart, d'un brun clair. Les indigènes croient que leur approche est très dangereuse ; leur apparence de douceur est souvent trompeuse : elle leur permet de venir tout près du voyageur, qui n'y prend pas garde, et, dans un bond soudain, de le saisir par le ventre et de lui faire, avec leurs mâchoires puissantes, une horrible blessure.

Après avoir franchi une petite chaîne, nous trouvâmes, au pied de l'autre versant, une plaine herbeuse au nord de laquelle était une nappe d'eau. Au nord de ce lac se dressait, sur la colline du Gyanema Khar, un fort de construction primitive, en forme de tour, supportant un mât où flottaient deux chiffons blancs très sales, qui n'étaient pas des drapeaux thibétains. Au pied de la colline se trouvaient deux ou trois grandes tentes noires et un petit abri en pierre. Sur l'herbe paissaient des cen-

taines de yaks, noirs, blancs et bruns. Nous étions à peine
arrivés au sommet du col qu'un gong résonna puissamment
dans le fort et qu'un coup de feu retentit ; des soldats apparurent,
courant çà et là avec leurs fusils à mèche ; ils démolirent une

UN YAK BLANC. — D'APRÈS UNE PHOTOGRAPHIE.

des tentes noires et
l'emportèrent rapi-
dement au dedans du
fort, dans lequel la
plus grande partie
de la garnison entra
avec un empresse-
ment qui tenait de la
panique. Lorsque, au
bout d'un instant, ils
se furent convaincus
que nous n'avions
pas de mauvaises in-
tentions, quelques
officiers thibétains,
un *magboun* (général) à leur tête, suivis de leurs hommes,
vinrent en tremblant à notre rencontre ; de notre côté, le docteur
alla converser avec eux. On parlementa pendant une heure, sans
aboutir à rien. Les Thibétains dirent que sous aucun prétexte ils
ne pouvaient permettre à quelqu'un venant de l'Inde d'entrer
dans le Thibet, qu'il fût indigène ou sahib.

Nous répondîmes que nous ne faisions aucun mal, que nous
étions des pèlerins allant à quelques milles plus loin, au lac sacré
de Mansarouar, et qu'ayant fait beaucoup de dépenses et pris
beaucoup de peine, nous ne pouvions revenir en arrière, étant
si près du but.

Pendant ce colloque, le docteur et moi nous avions été assis
en avant ; tout près de nous étaient Chanden Sing, le brahmane
et les deux chrétiens. Les porteurs étaient derrière. Je me retournai, pour les regarder, quand le magboun fut parti, et je vis un
spectacle lamentable : ils pleuraient tous piteusement, chacun

d'eux cachant sa tête dans ses mains. Si sérieuse que fût la situation, je ne pus m'empêcher de rire.

Quand la nuit tomba, une garde thibétaine fut placée autour de notre camp, à une petite distance. Elle paraissait méditer une attaque avec l'assistance de quelques-uns de nos porteurs qui faisaient visiblement mine de nous trahir. Aussi le docteur et moi montâmes-nous tour à tour la garde devant la tente, pour déjouer toute velléité d'attaque.

Le lendemain, des sons de clochettes nous éveillèrent dès le matin. En regardant hors

UN YAK. — D'APRÈS UNE PHOTOGRAPHIE.

de ma tente, j'aperçus une longue file de chevaux de bât pesamment chargés, escortés par un certain nombre de soldats à cheval. Cela nous faisait prévoir l'arrivée de quelque haut fonctionnaire. Les cavaliers ne tardèrent pas à s'approcher de notre tente et descendirent de leurs montures près du fort de Gyanema. D'autres soldats et des messagers arrivaient en même temps de toutes les directions. Voyant que le chef d'une de ces bandes était reçu avec force salaams, je conclus que ce devait être un puissant personnage.

C'était en effet, comme nous ne tardâmes pas à l'apprendre, le Barca Tarjum, un potentat d'un rang égal à un souverain féodal. Il nous fit dire qu'il désirait nous voir. Nous lui fîmes répondre que nous déjeunions et que nous le ferions appeler quand nous désirerions nous entretenir avec lui. Notre expérience nous avait déjà appris qu'il est bon de traiter les fonctionnaires comme des inférieurs.

Donc, à onze heures nous envoyâmes un messager au fort pour

6

dire qu'il nous plaisait de recevoir le Tarjum. Il arriva immédiatement avec une suite nombreuse ; c'était un personnage d'aspect curieux, vêtu d'un long vêtement en soie verte, de forme chinoise, avec de grandes manches retroussées, montrant ses bras jusqu'au coude. Il était coiffé d'une toque comme en portent les fonctionnaires chinois, et chaussé de longues et lourdes bottes, avec des clous aux semelles. Son visage, long, pâle, anguleux, était singulier ; son regard était plein d'impertinence ; ses traits efféminés semblaient indiquer des habitudes dissolues. Ses longs cheveux tombaient en boucles désordonnées sur ses épaules ; à son oreille gauche pendait un anneau de grande dimension, orné de malachite. De ses doigts nerveux il tenait un petit rouleau de fabrication thibétaine, dont il se servait, avec ses mains, en guise de mouchoir, pour se frotter le nez chaque fois qu'il était à court d'une réponse. Il était, ainsi que ses hommes, prodigue de révérences, et nous pûmes voir, comme à l'ordinaire, un grand étalage de langues. Je remarquai qu'elles étaient d'une teinte blanchâtre et maladive; la cause en est l'excessive consommation du thé, qui nuit à la digestion et qui desquame la langue.

Nous avions des coussins devant notre tente principale; le docteur et moi nous nous assîmes sur l'un d'eux, en priant le Tarjum de s'asseoir sur l'autre. Les gens de sa suite s'accroupirent autour de lui. On sait qu'au Thibet, si l'on est « quelqu'un » et si l'on désire faire reconnaître son importance, on doit avoir un parapluie étendu sur sa tête. Le docteur, toujours prévoyant, en avait heureusement deux en sa possession, et deux de nos hommes les tinrent sur nos têtes. Quant au Tarjum lui-même, il était ombragé par un parasol de dimensions colossales que tenait son secrétaire.

Le Tarjum fit entendre d'extravagantes protestations d'amitié. Mais je fus bientôt convaincu, en observant attentivement son visage, que ses paroles n'étaient pas sincères et qu'il ne faudrait pas se fier à lui. Il ne nous regardait jamais en face, et avait l'air sottement affecté.

Après de longs discours, de gauches compliments, de tendres questions sur tous les parents auxquels il pouvait penser, des phrases paraboliques, sonores, mais dépourvues de sens, des frottements de nez répétés, des toux bruyantes survenant fort à propos pour empêcher de répondre à une question embarrassante, nous finîmes par reprendre nos négociations de la veille. Nous discutâmes pendant des heures. Nous demandâmes la permission de continuer notre route. Ils ne savaient pas s'ils nous laisseraient passer. Pour simplifier les choses et hâter leur décision, le docteur leur demanda d'autoriser huit d'entre nous à se rendre au lac Mansarouar. Lui-même offrait de demeurer à Gyanema avec le reste de l'expédition, comme garantie de notre bonne foi. Ils rejetèrent même cette offre, non pas directement, mais avec des excuses et des atermoiements hypocrites. Ils

UN MÉDECIN THIBÉTAIN.
D'APRÈS UNE PHOTOGRAPHIE.

pensaient que nous ne trouverions pas notre chemin et que, à supposer que nous le trouvions, il serait trop rude et le climat trop rigoureux, que les brigands pourraient nous attaquer, etc., etc. Tout cela était fort désagréable, et je pouvais prévoir une attitude encore plus hostile. Je voulus en avoir le cœur net.

Comme je tenais encore mon fusil chargé sur mon épaule, j'en tournai le canon contre le Tarjum et je laissai à dessein ma main glisser sur la gâchette. Le Tarjum commença à s'agiter et donna des signes d'une vive terreur. Ses yeux, fixés jusqu'alors sur le sol, devinrent incertains, puis se posèrent, avec une expression de détresse, sur la bouche de mon fusil. En même temps il essayait de détourner la tête à droite et à gauche, mais mon fusil suivait tous ses mouvements. Le pauvre diable devint alors tout à fait humble, et se déclara prêt à nous servir de toutes les façons.

« Je vois que vous êtes de braves gens, dit-il d'une voix éteinte, accompagnée d'une profonde inclination. Je ne puis pas, comme je le voudrais, vous donner officiellement mon autorisation de faire votre voyage, mais vous pouvez partir, si vous le désirez. Je n'en puis dire davantage. Huit d'entre vous pourront aller au lac sacré de Mansarouar. Les autres resteront ici. »

Mais avant de nous communiquer sa décision finale, il nous dit qu'il préférait avoir une autre consultation avec ses officiers. Ce à quoi nous consentîmes. Puis, après avoir visité notre tente, le Tarjum se retira.

Dans l'après-midi, il nous envoya un messager pour nous dire que, « puisque nous avions été si aimables avec lui et sa suite, il nous regardait comme ses amis personnels ; que, puisque nous étions si désireux de visiter le lac de Mansarouar et le grand mont Kaïlas, et que nous avions fait de grandes dépenses en surmontant de grandes difficultés pour venir si loin, il était d'accord pour que huit d'entre nous allassent à ces lieux sacrés. Il lui était impossible de donner son consentement officiel, mais il répétait que nous pourrions aller de l'avant si nous le désirions ».

Je fus naturellement enchanté.

Le même soir, un traître s'échappa de la tente dans laquelle dormaient mes hommes, et rendit visite au Tarjum. Il lui dit, sans aucun doute, que je n'étais ni le frère du docteur, ni un pèlerin hindou. Il révéla que j'étais un sahib et que je voulais me rendre à Lhassa. D'après ce que j'ouïs dire plus tard, le Tarjum ne crut pas tout à fait à ces révélations ; mais de nouveaux doutes s'élevant dans son esprit, il nous envoya un message pendant la nuit pour nous supplier de reprendre le chemin par où nous étions venus. « S'il y a réellement, ajoutait-il, dans votre expédition un sahib que vous m'ayez caché, et si je vous laisse aller, j'aurai la tête coupée par les gens de Lhassa. Vous êtes mes amis, et vous ne souffrirez pas cela.

— Dis au Tarjum, répondis-je au messager, qu'il est mon ami et que je le traiterai comme un ami. »

Le matin, nous trouvâmes trente cavaliers en armes postés à quelques cents mètres de notre camp. Il était dangereux de poursuivre notre route, et je sentis la nécessité d'une nouvelle ruse. Le docteur, Chanden Sing, et moi, nous marchâmes, nos fusils en main, au-devant des soldats glacés de surprise et d'effroi. Derrière nous les coulis venaient en tremblant. Le magboun et les officiers du Tarjum en pouvaient à peine croire leurs yeux. Les soldats descendirent promptement de cheval et posèrent leur armes pour montrer leurs intentions pacifiques. Nous passâmes sans prendre garde à eux.

BOTTES. — D'APRÈS UNE PHOTOGRAPHIE.

Le magboun courut après moi et me demanda de m'arrêter un instant, puis il me fit un discours très élaboré que Dola fut chargé d'interpréter. Il sortit des plis lâches de ses vêtements une paire de bottes d'étoffe élégamment brodées et me les offrit avec ces mots :

« Quoique votre visage soit brûlé du soleil et noirci, quoique vous ayez mal aux yeux (je portais des lunettes à verres fumés), vos traits me disent que vous êtes de bonne famille, et vous devez être un haut officier dans votre pays. Vos nobles sentiments nous prouvent que vous ne voudriez pas que nous fussions punis à cause de vous, et nos cœurs seraient réjouis si vous retourniez sur vos pas. Laissez-moi vous offrir ces bottes pour que vous n'ayez pas mal aux pieds dans votre long et difficile voyage vers votre pays natal. »

C'était poliment dit, quoique raisonné d'une façon bizarre. Il n'était pas de mon intérêt de dissuader ce Thibétain. J'acceptai donc le présent. Le magboun et sa garde s'inclinèrent jusqu'à terre. Sans parlementer davantage, nous prîmes la direction de l'Ouest-Nord-Ouest, comme si nous avions résolu de quitter le pays.

Nous atteignîmes le sommet de la montagne, et, tandis que mes hommes passaient sur l'autre versant, j'observai les gens de Gyanema avec ma lunette, dissimulé derrière une grosse pierre. A peine le dernier de mes hommes avait-il disparu de l'autre côté du col, que les cavaliers thibétains sautèrent sur leurs selles et se mirent à galoper sur nos traces. C'était bien ce que j'attendais. Arrivé à la plaine, je repris ma lunette et j'observai la crête de la colline d'où nous étions descendus : on pouvait voir environ trente têtes surgir au-dessus des rochers. Les cavaliers étaient évidemment descendus de cheval et surveillaient nos mouvements.

Quand nous eûmes fait un mille ou deux dans la plaine, notre escorte fantôme franchit le col et descendit la montagne au grand galop. J'ordonnai à mes hommes de s'arrêter; ce que voyant, les soldats s'arrêtèrent aussi. Je les observai avec ma lunette : ils semblaient discuter. A la fin, cinq d'entre eux partirent vers le Nord, probablement pour garder la route dans cette direction; trois autres restèrent où ils étaient; le reste de la troupe, comme saisi de panique, remonta la montagne au galop et disparut.

Nous reprîmes notre marche : les trois cavaliers suivaient une route qui était à un mille au Sud de la nôtre, tout près du pied des montagnes, et, se courbant très bas sur la tête de leurs chevaux, ils se figuraient sans doute passer sans être vus. Voyant que nous nous dirigions vers notre ancien camp de Lama Chokden, ils nous dépassèrent. Quand nous fûmes à Lama Chokden, deux bergers vinrent nous saluer, suivis bientôt d'un troisième; ils nous dirent qu'ils avaient faim, qu'ils étaient pauvres, et qu'ils nous demandaient la permission de prendre les restes que nous jetterions.

« Certainement, leur répondis-je, mais veuillez ne rien prendre d'autre. »

Ces naïfs, s'imaginant que je ne les reconnaîtrais pas, avaient laissé leurs montures au poste de Lama Chokden, et, déguisé en bergers, ils s'efforçaient maintenant de se concilier nos bonnes grâces, dans le dessein de découvrir nos mouvements et nos plans.

A chaque pas que nous faisions pour nous rapprocher de l'Himalaya, je me sentais plus triste et découragé. Mes chances de succès diminuaient chaque jour. Je ne pouvais pas compter sur la loyauté de mes hommes.

Nous campâmes ce soir-là sur les bords d'une rivière rapide, le Chirlangdou. Je pensais qu'il était possible, non toutefois sans quelque difficulté, d'escalader les montagnes et d'essayer d'éviter les espions et les gardes en allant, à travers la jungle, jusqu'au Mansarouar. Je me décidai à risquer ce coup. Mais comme cela ajoutait beaucoup au danger d'avoir avec soi une trentaine d'hommes, je décidai de ne me faire accompagner que par quatre ou cinq. Aller seul était impossible, à cause de la difficulté de transporter assez de vivres ; sans cela, je l'eusse préféré. Même je résolus, s'il fallait en venir aux extrémités, de recourir à cette solution, en comptant sur la chance d'obtenir des vivres des Thibétains. Les charges furent préparées en vue d'un petit nombre d'hommes. Je sacrifiai tous les articles de luxe, en fait de vêtements, de nourriture ou de pharmacie, pour faire place aux instruments scientifiques.

Le moment fixé pour ma fuite était 9 heures du soir. J'avais persuadé à cinq de mes hommes de me suivre, en leur offrant une belle récompense. Mais à l'heure dite, aucun d'eux n'apparut. J'allai les chercher. L'un d'eux s'était fait volontairement mal au pied et se portait invalide ; un autre se prétendait mourant ; les autres refusèrent positivement de venir. Ils frissonnaient de peur et de froid.

« Tue-nous, sahib, si tu veux, me disaient-ils, mais nous ne te suivrons pas. »

A 3 heures, toutes mes tentatives pour trouver au moins un porteur avaient échoué. Il me fallait renoncer à l'idée de partir.

Encore une marche en arrière, vers le col par où nous étions entrés dans le Thibet, puis nous dressâmes nos tentes au pied de la passe de Loumpiya. A peine étaient-elles posées que le vent, qui avait fait rage tout l'après-midi, décupla de violence, et bientôt la neige se mit à tomber à gros flocons.

« Qu'allez-vous faire? me demanda le docteur. Je crois que vous devriez retourner à Garbyang, trouver d'autres amis, et faire un nouveau départ.

— Non, docteur. Je mourrai plutôt que de continuer cette retraite. J'aurai de meilleures chances si je voyage seul, et je me suis résolu à partir cette nuit. Je suis sûr que je pourrai trouver mon chemin sur la montagne.

— Non, non, cela est impossible, s'écria le docteur, les larmes aux yeux. C'est la mort pour qui tenterait pareille chose. »

Je lui répétai que j'étais absolument décidé, et je rentrai dans ma tente, afin d'arranger à nouveau mon bagage et de le réduire à sa plus simple expression.

Tandis que je faisais mes préparatifs, Katchi Ram entra, l'air effrayé et perplexe, me demandant s'il était vrai que j'allais partir, et s'offrant à me suivre.

« Non, Katchi, dis-je, tu souffrirais trop. Retourne vers ton père et ta mère.

— Non, monsieur. Là où vous allez, j'irai. Les petits hommes ne souffrent jamais. Et s'ils souffrent, ça ne fait rien. Ce n'est que quand les grands hommes souffrent que cela vaut la peine qu'on en parle. »

La philosophie de Katchi me toucha. Je m'assurai bien qu'il disait ce qu'il pensait, et je me décidai à le prendre. Ce fut une chance: Katchi avait cinq amis intimes parmi les jeunes coulis chokas. C'étaient tous des camarades du Rambang, et le soir, au camp, ils chantaient souvent ensemble des chansons bizarres en l'honneur des jeunes filles de leur cœur, qu'ils avaient laissées de l'autre côté de l'Himalaya.

Katchi sortit dans un état d'excitation fiévreuse. Il revint au bout de quelques minutes, me demandant combien je voulais de coulis, et si cinq suffisaient.

« Oui », murmurai-je avec incrédulité.

Mon scepticisme reçut un choc, lorsque Katchi revint, tout bouillant, me déclarer, dans son anglais bizarre, qu'il avait trouvé douze coulis prêts à partir le soir même.

Ma chance avait tourné. Quelques minutes après, mon porteur, Chanden Sing, ignorant ce qui venait de se passer, entra dans ma tente, en déclarant qu'il viendrait avec moi à Lhassa. C'était une nouvelle recrue, courageuse et utile.

Son adhésion me valait par surcroît celle de Mansing le lépreux, qui était de la même caste que lui, et qu'il persuada, au moyen de promesses mêlées de coups par intervalles. Ces deux Hindous se querellaient souvent, mais étaient au fond les meilleurs amis du monde.

Le vent fit rage pendant la nuit. Notre camp était à 4150 mètres; pour atteindre le sommet de la chaîne, comme j'en avais l'intention, il fallait encore monter 4600 mètres. Par ce temps, les difficultés de l'ascension étaient naturellement décuplées; mais pour éluder la vigilance des Thibétains, nous ne pouvions trouver de meilleures conditions qu'une nuit pareille. Nous convînmes avec le docteur qu'il ramènerait à Garbyang tout le bagage que j'avais laissé, et les hommes qui avaient refusé de me suivre. Pour donner le change aux Thibétains et leur faire croire que nous étions avec lui, il devait laisser nos tentes dressées pendant le jour.

Malgré les rigueurs du voyage qui nous attendait, nous ne pouvions emporter d'autre tente que notre *tente d'abri*; encore étions-nous dans l'impossibilité de la dresser, au moins pour quelque temps, de peur d'être découverts par les Thibétains. Nous devions faire de longues étapes de nuit, nous tenant à l'ordinaire sur le sommet des montagnes, au lieu de longer les vallées, comme les autres voyageurs. Nous ne devions nous livrer à de courts sommeils que de jour, dans quelque endroit bien dissimulé ; enfin il nous fallait renoncer, pour longtemps, à avoir du feu...

Nous pesâmes et discutâmes toutes ces choses avant de partir. Nous savions aussi que, si nous étions attaqués par les Thibétains, nous étions trop peu nombreux pour offrir une vigoureuse résistance, et que nous pourrions, dès lors, nous considérer comme perdus... En somme, on n'aurait pas donné grand'chose de ma vie ni de celle de mes compagnons, lorsque nous quittâmes le « Camp du Diable ».

A minuit, j'envoyai Chanden Sing et Katchi à la recherche de nos hommes. Deux vinrent en tremblant dans la tente. Quant aux autres, on ne pouvait les faire lever. J'allai les prendre, en personne, et je les amenai, pleurant comme des enfants, l'un après l'autre à leurs charges. Je découvris alors que j'avais fait une charge de trop ; mais il n'y avait plus moyen de rien changer ; il me fallait un autre homme, et sans délai. Après beaucoup de promesses et de menaces, Bidjesing le Djohari se laissa convaincre.

Nous partîmes à deux heures du matin ; la tempête était dans son plein, poussant les flocons de neige sur nos visages comme des pointes aiguës ; le vent et le froid nous pénétraient jusqu'aux moelles ; il semblait que les dieux donnassent libre cours à leur colère contre cette petite troupe silencieuse, à demi gelée, marchant à tâtons dans l'ouragan.

Le docteur m'accompagna pendant 200 mètres environ, ne disant mot et le cœur gros. Au moment de nous séparer, il s'arrêta pour me serrer la main, et d'une voix brisée il me fit ses adieux.

« Les dangers de votre voyage, dit-il, sont si grands et si nombreux que Dieu seul peut vous les faire surmonter. Quand je pense au froid, à la faim, aux souffrances que vous allez endurer, je ne puis que trembler pour vous.

— Au revoir, docteur, lui dis-je, très ému.

NOUS ÉCHAPPONS À LA SURVEILLANCE DES THIBÉTAINS. — D'APRÈS UN DESSIN DE M. SAVAGE LANDOR.

— Au revoir, répéta-t-il, au... » Mais la voix lui manqua...

Le voyage à Lhassa était enfin commencé, et tout à fait sérieusement. En peu d'instants, nos oreilles, nos doigts, nos orteils étaient à peu près gelés ; la neige tombante frappait sans merci nos visages et nous faisait mal aux yeux. Nous avancions comme autant d'aveugles, sans parole, épuisés, nous élevant lentement sur la pente, et trouvant notre chemin avec nos pieds. Plus nous montions, et plus le froid devenait vif, le vent perçant. Après quelques minutes de marche, nous étions obligés de faire halte et de nous asseoir, serrés les uns près des autres; en outre, l'atmosphère était si raréfiée, que nous pouvions à peine avancer sous nos charges.

Tout à coup, nous entendîmes un sifflet, et comme des sons de voix éloignées. Mes hommes se rapprochèrent de moi, en murmurant : « *Dakous, Dakous*, brigands, brigands », puis se jetèrent à plat ventre sur la neige. Je chargeai mon fusil et marchai en avant. Mais il était inutile de chercher à percer l'obscurité. Je prêtai l'oreille. Encore un sifflet grêle ! Mes Chokas étaient terrifiés. Le son semblait venir d'en face de nous. Nous changeâmes légèrement de direction, montant lentement et constamment, jusqu'à ce qu'au lever du soleil nous nous trouvâmes près du sommet. Il neigeait encore très fortement. Un dernier effort nous mena sur le plateau terminal de la montagne.

Là, nous nous sentîmes relativement en sûreté. Complètement épuisés, nous déposâmes nos charges sur la neige, et nous nous étendîmes en rang, serrés les uns contre les autres pour nous tenir au chaud, et empilant sur nous toutes nos couvertures.

Nous nous réveillâmes à une heure de l'après-midi, trempés jusqu'à la peau, le soleil ayant fondu la couche de neige qui nous recouvrait. Nous avions campé à 5 500 mètres. Le vent venait du Nord-Est, tranchant comme un couteau. Nous en souffrîmes, non seulement ce jour-là, mais tous les jours que nous passâmes au Thibet. Il commence à souffler, très violent et très régulier, à une heure de l'après-midi, et ce n'est qu'à huit heures du soir qu'il tombe quelquefois et cesse peu à peu. Mais d'autres fois, et fréquemment, il redouble au contraire de violence, et souffle avec une véhémence terrible pendant toute la nuit.

Après une marche pénible de 9 kilomètres, nous arrivâmes à un plateau situé au Nord-Est et au-dessus de celui que nous avions quitté : l'altitude de notre nouveau camp était de 5 780 mètres. Nous fûmes étonnés d'y voir quatre lacs, d'une étendue considérable et tout près les uns des autres. Le soleil, perçant un instant les nuages, brilla sur les sommets neigeux des montagnes voisines, argentant l'eau des lacs, et faisant un magnifique tableau d'une sauvagerie fascinante.

Mais la faim et l'épuisement nous empêchèrent de l'apprécier. A peine eûmes-nous trouvé un endroit favorable pour une halte, que mes hommes tombèrent, incapables d'avancer. J'étais très inquiet à leur sujet, car ils refusaient de prendre le moindre aliment froid, disant que cela les ferait mourir. Je pus pourtant les persuader de manger un peu de farine d'avoine et de sucre. Mais à peine eurent-ils pris quelque nourriture mêlée à de l'eau froide, qu'ils furent presque tous saisis de violentes douleurs d'estomac et en souffrirent pendant la plus grande partie de la nuit.

Peu après le coucher du soleil, le froid devint intense. Il neigeait encore très fort, nos vêtements et nos couvertures humides gelaient. J'allumai une petite lampe à esprit-de-vin, autour de laquelle nous nous assîmes. J'essayai en vain d'y faire bouillir un peu de jus de viande concentré; le feu s'éteignit, au moment même où l'eau commençait à se chauffer.

Nous nous serrâmes alors les uns contre les autres, essayant vainement de dormir. Nous avions fait, avec nos bagages, une muraille protectrice, et mes hommes s'étaient entièrement enfoncés dans leurs couvertures ; quant à moi, il m'était absolument impossible de me couvrir la tête comme eux, car cela me donnait une impression de suffocation.

Durant la nuit, j'entendis mes hommes gémir, grogner, grincer convulsivement des dents. Moi-même, je m'éveillai à plusieurs reprises d'un pénible sommeil avec une vive impression de froid aux oreilles, ainsi qu'aux yeux, mes cils étant couverts de glaçons. Toutes les fois que j'essayais d'ouvrir les yeux, j'avais une sensation douloureuse, comme si mes cils étaient déchirés, car la fente des yeux se gelait, aussitôt que mes paupières étaient closes.

Le matin se leva enfin. La nuit avait semblé interminable. J'appelai mes hommes. Ils furent difficiles à réveiller; eux aussi étaient ensevelis dans la neige.

Comme la veille, ils se refusèrent à manger. Nous nous mîmes à descendre dans la direction du Nord-Est, sur des pentes de débris et de rocs aigus; mais ayant, avec ma lunette, découvert dans la vallée une tente et quelques moutons, je donnai l'ordre de remonter sur le plateau et de reprendre la direction de l'Est.

Nous redescendîmes au coucher du soleil, et nous traversâmes la rivière sans grande difficulté. Nous trouvâmes une dépression bien abritée; j'y posai ma tente d'abri, à côté d'un étang de neige fondue. Avec une ardeur bien naturelle, nous nous mîmes à recueillir, pour faire notre feu, des plantes et des lichens; chaque homme en apporta plusieurs charges. Au bout d'un moment, trois bons feux flambaient déjà; non seulement nous pûmes préparer un dîner particulièrement abondant, et noyer nos soucis passés dans un baquet de thé bouillant, mais nous réussîmes encore à sécher nos vêtements et nos couvertures. A l'exception d'une pincée de farine d'avoine, c'était le premier repas solide que nous faisions depuis 48 heures; pendant ces deux jours, nous avions parcouru 32 kilomètres, chacun de nous portant un poids de plus de 60 livres.

Nous étions à 5 030 mètres, ce qui semblait une très faible altitude, après nos derniers campements. La réaction étant tout à fait agréable, je reprenais de l'espoir en pensant à nos projets et à la possibilité de les réaliser. D'un sentiment de découragement profond, nous étions arrivés à une gaieté et à une satisfaction relatives.

IV

Rencontre de brigands. — A bout de provisions. — Députation de Chokas à
Taklakot. — Nous vivons d'orties. — Retour des Chokas. — Conspiration de
mes hommes. — Soldats thibétains à notre recherche. — Le Tizé ou Kaïlas. —
Le lac Rakstal. — Bandits thibétains. — Le lac Mansarouar. — Village et
monastère de Tucker. — Mes cinq Chokas m'abandonnent.

L A vallée à l'origine de laquelle nous nous trouvions s'allon-
geait à l'Est entre deux chaînes ; nous nous décidâmes
à la suivre, mais avec précaution, car nous courions le risque
d'y rencontrer des Thibétains, et spécialement des bandes de
dakous ou brigands, qui infestent cette partie de la province de
Ngari Khorsoum.

Nous n'avions pas fait un kilomètre, lorsque mes porteurs
se jetèrent à terre et revinrent vers moi en rampant sur leurs
mains et leurs genoux, en murmurant : « *Dakous, Dakous.* »
C'était trop tard ; nous avions été aperçus, et un certain nombre
de dakous, armés de fusils et d'épées, arrivaient rapidement
vers nous. Sachant par expérience que le pire parti à prendre
était de reculer, je m'avançai vers eux, avec mon mannlicher
chargé, Chanden Sing me suivant avec son martini-henry également-
ment chargé, et mes Chokas accroupis à côté de moi avec
leurs charges. Nous criâmes aux Thibétains de s'arrêter, mais
leur allure n'en fut que plus rapide : ils nous prenaient évidemment pour des marchands chokas, et pensaient trouver en nous
une proie facile. Arrivés à petite distance, ils se séparèrent
pour nous envelopper. Je pris alors mon fusil et visai le
chef ; Chanden Sing visa un autre homme ; ces simples gestes
suffirent à produire un changement à vue : nos assaillants nous
firent de comiques révérences et prirent la fuite. Nous les
poursuivîmes quelques instants, et, ayant gravi une éminence,
nous vîmes qu'ils avaient derrière eux un certain nombre de
compagnons, avec quelques milliers de moutons, leur dernier
butin probablement. Quand l'ennemi eut disparu, nous entrâmes
dans la vallée. On pouvait voir, aux nombreux emplacements

de camps thibétains qui bordaient la rivière, que nous avions atteint une région plus fréquentée. Une montée rapide nous amena ensuite sur un plateau à pente douce de 5 000 mètres environ d'altitude, sur la partie inférieure duquel courait le sentier de Gyanema à Taklakot. C'était un endroit dangereux; les Thibétains devaient être avertis maintenant de notre fuite ; nous pouvions en rencontrer, et même être découverts de très loin, l'atmosphère étant particulièrement claire dans ce pays. Aussi, pour complaire à mes hommes, décidai-je de descendre dans une des nombreuses petites vallées qui découpent le plateau. Mais à peine en avions-nous franchi le bord, que nous entendîmes un bruit qui venait d'en bas, et que, nous étant approchés en rampant, nous vîmes, à 150 mètres au-dessous de nous, un camp thibétain, avec de nombreux yaks et chevaux broutant l'herbe tout autour. A l'aide de ma lunette, je reconnus parmi les hommes quelques-unes de nos connaissances de Gyanema.

Il nous fallut trouver un abri où nous cacher jusqu'à la nuit ; nous descendîmes la rivière, puis nous remontâmes une gorge étroite bordée de hautes parois de rocher; en grimpant jusqu'à celle de gauche, nous trouvâmes une petite plate-forme naturelle, protégée par un gros bloc surplombant.

C'était un abri suffisant. Néanmoins, nous n'osâmes y dresser notre tente, et nous prîmes la précaution d'enfouir notre bagage, pour n'en être pas embarrassés dans le cas d'une surprise nocturne.

A ce moment même, je fis une terrible découverte : nous étions au bout de nos provisions. J'avais ordonné d'en prendre pour dix jours, et nous n'en avions plus que pour un seul et maigre repas. Le docteur Wilson m'avait cependant assuré au départ que nos charges avaient été bien préparées. Quelle incroyable négligence avait donc pu se produire? Ou, malgré leurs négations, était-il possible que mes porteurs m'eussent volontairement trompé?

On comprend que le coup fut terrible, après toutes les difficultés et les fatigues que nous avions surmontées. Tous mes plans sem-

7

blaient déjoués : nous étions encore à trois ou quatre jours de marche du lac Mansarouar, où je pensais devoir trouver des provisions fraîches. Me fallait-il reculer, ou me laisser prendre par les Thibétains, auxquels j'avais réussi à échapper ? Je passai là quelques heures de profond abattement, et, glacé par le froid aigu et par le vent, je me vis sur le point de perdre entièrement courage. Plus je réfléchissais, plus je me creusais la cervelle pour trouver de nouveaux moyens, plus aussi la situation me semblait désespérée.

Soudain, j'eus l'idée d'un expédient qui semblait tenir du roman plus que de la vie réelle, mais qui pouvait pourtant réussir : c'était d'envoyer quatre de mes hommes, déguisés deux en marchands, deux en mendiants, dans le fort de Taklakot, pour obtenir quelques vivres de nos ennemis. Nous attendrions ici leur retour.

J'exposai mon plan à mes hommes, et quatre Chokas, surmontant des frayeurs bien naturelles, s'offrirent pour cette audacieuse entreprise. Découverts, c'était pour eux la mort, précédée probablement de toutes sortes de tortures cruelles. Aussi, bien qu'ils dussent par la suite me trahir, dois-je reconnaître le courage et la fidélité dont ils firent preuve dans cette circonstance.

Nous passâmes une nuit sans sommeil : à l'aube, comme nous avions faim, nous cueillîmes des orties, qui croissaient en abondance près du camp, et, les ayant bouillies de différentes façons, nous fîmes honneur à ce repas peu appétissant. Il ne nous restait en tout que 4 livres de farine, 2 livres de riz, 2 livres de *satou*; nous donnâmes le tout à nos quatre Chokas, nous réservant de recourir aux orties. Je donnai à nos envoyés toutes les instructions nécessaires : ils devaient entrer un à un dans le fort thibétain et acheter, ou demander, de petites quantités de vivres. Quand un homme en aurait obtenu assez pour faire une charge, il devait aussitôt reprendre la direction du camp; les autres imiteraient sa manœuvre avec toute la prudence possible, puis tous les quatre devaient se réunir sur un point déterminé.

Ayant préparé leurs différents déguisements, ce qui fut long, les quatre Chokas nous quittèrent, accompagnés de toutes sortes de salutations, de vœux et de paroles d'encouragement.

Dans l'après-midi, étant allé reconnaître la route de Gyanema, je vis encore une bande nombreuse de brigands, qui poussaient devant eux des milliers de yaks et de moutons. Jugeant alors que notre camp n'était pas suffisamment à l'abri, je me mis, aidé de mes hommes, à élever un retranchement autour de notre plate-forme. Ce retranchement, qui se confondait avec le rocher, pouvait à la fois nous dérober à la vue des Thibétains, et nous servir de défense en cas d'une attaque nocturne.

Nous passâmes là quatre jours interminables, nous nourrissant d'orties, et n'ayant plus un grain de sel pour les assaisonner. J'étais étendu tout le jour, scrutant avec ma lunette le long plateau qui domine la rivière de Gakkon pour chercher à découvrir mes compagnons. Mon cœur battait toutes les fois que j'apercevais des hommes dans l'éloignement ; mais, après examen, je ne reconnaissais jamais que des bandits, des contrebandiers nomades, ou des voyageurs houmlis ou djoumlis, en route pour Gyanema et Gartok.

Le matin, notre demeure fortifiée était assez confortable et même très chaude. Au soleil le thermomètre montait jusqu'à 30°. Mais vers une heure, un vent aigu se mettait à souffler du Sud-Est, et nous refroidissait jusqu'aux os. Puis, sitôt le soleil couché, le mercure tombait à 0°. Une nuit, le vent, accompagné d'une forte chute de neige, fut si violent qu'il fit écrouler sur nous notre rempart de pierres, et nous eûmes à le relever en toute hâte.

Le lendemain matin, nous étions en train de cueillir des orties pour notre repas, lorsque nous entendîmes le tintement lointain de clochettes de cheval. Nous éteignîmes les feux, et nous nous hâtâmes de nous mettre à l'abri de nos retranchements, nous armant, Chanden Sing et moi, de nos fusils. Il n'était que temps. Une demi-douzaine de soldats, portant à l'épaule des fusils ornés de drapeaux rouges, trottaient gaiement sur le versant de la montagne, à quelques mètres devant nous. Evidemment ils me cherchaient, à voir la manière dont ils regardaient partout; mais, heureusement, ils ne tournèrent pas une fois les yeux du côté où nous étions.

Ils passèrent. Lorsqu'ils eurent disparu derrière le col, le son des clochettes alla s'éteignant peu à peu. Sûrement c'étaient des soldats envoyés par le Tarjum pour garder ce passage : ils retournaient vers leur chef, assurés que le sahib ne se trouvait pas dans cette partie du pays.

Un nouveau jour se passa, triste et sans fin, dans ce camp que nous nommâmes « Camp de la Terreur », sans avoir aucune nouvelle de nos messagers. Deux hommes s'offrirent alors à se rendre à Kardam, un établissement thibétain situé à quelques milles de distance, pour tâcher d'y trouver quelques vivres. Ils revinrent tard dans la nuit, sans avoir rien obtenu, les Dogpas qu'ils avaient rencontrés leur ayant déclaré qu'ils n'avaient pas assez de provisions pour eux-mêmes. Ils leur avaient appris en même temps que *Lando Plenki* — c'était le nom que les Thibétains m'avaient donné — était entré dans le Thibet avec une grande armée, et qu'une vive excitation régnait à ce sujet à Taklakot, et dans d'autres endroits, d'autant plus vive que le sahib avait, disait-on, le pouvoir extraordinaire de se rendre invisible, de marcher sur l'eau en traversant les rivières, et de voler par-dessus les montagnes.

Trois jours se passèrent encore sans nouvelles. Enfin, dans la troisième nuit, au moment où nous commencions à désespérer, nous vîmes arriver nos quatre compagnons. Mais dans quel état ! Absolument épuisés, et semblant frappés de terreur. A grand'peine, je leur arrachai le récit de leurs aventures. Ils avaient été fort maltraités à Taklakot, et gardés en prison, jusqu'à ce que notre ami Zeniram, le chef du village népalais de Chongour, se fût porté caution pour eux, puis les eût aidés à s'évader, en enivrant leurs gardes thibétains.

Ils m'apprirent ensuite qu'un millier de soldats avaient déjà été envoyés à ma recherche, et que d'autres étaient encore atten-

dus de Lhassa et de Chigatzé. Ils avaient l'ordre de me capturer
à tout prix, malgré l'effroi que leur causaient mes pouvoirs sur-
naturels, et de m'amener mort ou vivant au Djong Pen de
Taklakot. On offrait pour ma tête une récompense de 500 roupies.

A cette révélation, mes hommes me déclarèrent que le danger
était trop grand, et qu'ils voulaient s'en aller. Je me bornai à
leur répondre que je tirerais sur le premier qui tenterait de
quitter le camp. Et comme, grâce à nos messagers, auxquels je
donnai une bonne récompense, nous avions maintenant des provisions pour dix jours, je leur déclarai que nous allions partir dès
le lendemain.

Mes gens s'éloignèrent en grommelant, pour aller dormir
plus bas. Ils allumèrent un feu, s'assirent autour, et tinrent
conseil à demi-voix. J'écoutais attentivement, lorsque l'un d'eux
ayant parlé plus haut que les autres, dans la chaleur de la discus-
sion, j'entendis quelques mots qui me mirent sur mes gardes.
Bien m'en prit, car mes porteurs complotaient entre eux tout
simplement de vendre ma tête et de se partager l'argent.

Les hommes se rapprochèrent, parlant si bas que je ne pus
plus rien entendre. Puis chacun à son tour plaça ses mains l'une
sur l'autre le long d'un bâton, jusqu'à ce qu'il fût arrivé à l'extrémité; c'est la façon compilquée qu'ont les Chokas de tirer au
sort. L'homme finalement désigné prit dans une des charges un
grand *koukri*, ou couteau gourkha, et le sortit de son fourreau.
C'était la minute psychologique de la conspiration. Tous regardaient du côté de mon abri, prêtant l'oreille pour savoir si je dor-
mais. Puis ils s'étendirent et s'enroulèrent dans leurs couvertures,
l'exécuteur désigné restant seul assis près du feu, comme absorbé
dans ses pensées, et jetant de temps à autre un coup d'œil dans
ma direction. A la fin il se leva et étouffa le feu avec ses pieds.
La nuit était radieuse, et, aussitôt que la flamme rougeâtre
eut disparu, les étoiles scintillèrent comme des diamants dans
le petit morceau de ciel bleu visible au-dessus de ma tête. J'ap-
puyai le canon de mon fusil sur la muraille, les yeux fixés sur
la forme noire au-dessous de moi. Je vis l'homme se courber,

et faire en rampant les quelques mètres qui le séparaient de moi, s'arrêtant pour écouter, chaque fois qu'une pierre se détachait. Il n'était plus qu'à deux ou trois mètres, et semblait hésiter. Je me reculai un peu, prêt à bondir sur lui, et les yeux fixés sur la crête de la muraille ; mais j'attendis ainsi quelque temps, car mon homme ne se pressait pas.

Je me levai alors lentement, le fusil à la main, et je me trouvai face à face avec ce traître, de l'autre côté de la muraille. Sans perdre de temps, je mis droit sur son visage la bouche de mon mannlicher... Le Choka, épouvanté, laissant tomber son couteau, se jeta à genoux pour implorer mon pardon. Je lui donnai un bon coup de la crosse de mon fusil, et je l'envoyai à ses affaires. Il manquait évidemment des qualités d'un bon assassin, mais je compris que je devais dorénavant veiller sur ma propre sécurité.

Le matin, comme nous étions prêts à partir, ayant déterré la plus grande partie de nos bagages, j'avertis mes porteurs que j'avais découvert, à notre Nord, un campement de Thibétains qu'il nous fallait éviter. Nattou de Kouti, l'un de mes hommes, s'offrit alors à nous conduire au lac Mansarouar. Nous prîmes le chemin de la vallée. Les Chokas montraient la meilleure volonté du monde à marcher ; cela me fit réfléchir, et je ne tardai pas à me convaincre que l'homme de Kouti nous conduisait délibérément à l'endroit que je tenais surtout à éviter. Je l'arrêtai aussitôt ; sur quoi les Chokas, jetant leurs charges, cherchèrent à s'échapper ; mais nous les en empêchâmes, Chanden Sing et moi, et, si pénible que me fût la chose, nous nous mîmes en devoir de les battre. Ils durent finir par avouer qu'afin d'échapper eux-mêmes aux horreurs de la torture ils avaient comploté de me livrer à une troupe thibétaine.

En montant sur une éminence, je découvris que la route était barrée par des soldats thibétains non seulement au Nord, mais encore à l'Est et à l'Ouest. Comme je me refusais absolument à retourner vers le Sud, il fallait donc en revenir aux marches de nuit. Je tins une palabre avec mes hommes, qui

LE LAC-MANSAROUAR AVEC LE TIZÉ OU KAÏLASS. — D'APRÈS UNE AQUARELLE DE L'AUTEUR.

semblaient enfin résignés; ils convinrent de m'accompagner jusqu'à la passe de Maioum, sur la route de Lhassa, que nous estimions distante de quinze à dix-huit étapes.

Notre première marche fut des plus pénibles ; la nuit était sombre et orageuse; nous avions à longer un précipice, au fond duquel la rivière brillait d'un étrange éclat verdâtre, et nous marchions sur un sol glissant, alternant avec des débris et des pierres roulantes.

Nous arrivâmes à un col de 5 100 mètres d'altitude; après l'avoir franchi, il fallut nous arrêter. La tempête était calmée, les étoiles brillaient d'un éclat extraordinaire, mais la température était descendue à — 11°, et comme nous n'avions pas de tente, il n'y avait qu'une couverture entre le ciel et nous. Quand nous nous levâmes le matin, le thermomètre était remonté à — 1°, mais nous étions enveloppés d'un brouillard épais qui nous glaçait jusqu'aux os.

Après plusieurs nuits de marche, pendant lesquelles nous franchîmes de nombreuses montagnes, nous arrivâmes enfin en vue des deux lacs vers lesquels je me dirigeais, le La-Fan-Cho et le Ma-Fan-Cho, ou plutôt les lacs Rakstal et Mansarouar, noms qui sont plus communément usités par les Thibétains.

Au nord des lacs se dressait le magnifique Tizé, la montagne sacrée de Kaïlas, dépassant de près de 600 mètres tous les autres pics neigeux de la chaîne du Gangri, qui s'allonge dans la direction générale du Nord-Ouest au Sud-Est. De l'endroit où nous étions, nous pouvions voir plus distinctement que de Lama Chokden la bande circulaire qui est à la base de la montagne et dont j'ai déjà parlé.

Le Tizé, le grand pic sacré, fascine les yeux par sa forme. Il semble, je l'ai dit, le toit gigantesque d'un temple, mais à mon sens il lui manque la grâce des courbes, qu'on se plaît à admirer dans le Fousiyama du Japon, la montagne la plus artistiquement belle que j'aie jamais vue. Le Tizé est anguleux, inconfortablement anguleux, si l'on me permet cette expression ; malgré sa hauteur, les vives couleurs de sa base, les masses de neige qui recouvrent ses pentes, il me frappa comme étant essentiellement antipittoresque, au moins du point d'où je l'ai vu en entier. Il est vrai que ce caractère se modifiait quand les nuages l'entouraient, atténuant la raideur de ses formes. Alors, il est surtout beau au lever du soleil, quand l'une de ses faces est colorée de rouge et de jaune, et que sa masse rocheuse se dresse majestueusement sur un fond d'or brillant.

Avec ma lunette je pouvais clairement distinguer, spécialement sur le côté de l'Est, le défilé par lequel les adorateurs font le tour de la base de la montagne. On m'a dit aussi que quelques pèlerins accomplissent ce circuit sur la corniche neigeuse qui domine immédiatement cette base, au-dessus de la bande sombre. Du côté du Sud-Ouest on peut voir, au sommet d'un pic secondaire, un gigantesque *obo*.

Le pèlerinage autour du Tizé dure généralement trois jours, mais on peut l'accomplir en deux jours, et même, dans des circonstances favorables, en un seul. Les pèlerins, en marchant, prononcent d'ordinaire certaines prières, et font des sacrifices; les plus fanatiques accomplissent ce circuit à la manière des serpents, en rampant sur le sol; d'autres le font sur leurs mains, en marchant à genoux ou à reculons, etc.

Le Tizé a 6 658 mètres d'altitude; le Nandi Phou, qui s'élève à l'Ouest, n'en a que 3 080. Au Nord-Ouest, on voit d'autres sommets dépassant 6 000 mètres.

Nous avions vu beaucoup de colonnes de fumée s'élever dans le voisinage du lac Rakstal. Elles indiquaient des campements et nous recommandaient la prudence. Aussi nous maintînmes-nous sur le plateau en gardant la direction Nord-Est, au-dessus de la magnifique nappe bleue du lac parsemé de jolies îles.

« Sahib, voyez-vous cette île ? s'écria l'homme de Kouti, me montrant une roche nue émergeant des eaux du lac. Là vit un lama ermite, un saint homme, tenu en grande vénération par les Thibétains. Il se nourrit presque uniquement de poissons, et à l'occasion d'œufs de cygne. Ce n'est qu'en hiver, lorsque le lac est gelé, qu'on peut lui apporter des provisions de *tsamba*. Car on n'a pas de canots, au Rakstal, et il n'y a pas moyen de construire des radeaux, puisqu'on n'a pas de bois. L'ermite dort dans une caverne, mais il en sort généralement pour faire ses prières à Bouddha. »

J'ai pu m'assurer que l'arête séparant les lacs Rakstal et Mansarouar est continue, et qu'il n'y a pas de communication entre ces deux bassins. A l'exception d'une petite dépression à son centre, l'arête a une hauteur constante de 600 mètres ; le point le plus bas de la dépression est à 90 mètres. Les indigènes que je pus interroger m'affirmèrent également que les deux lacs ne communiquent en aucune façon, bien qu'ils aient pu le faire à une époque très éloignée. Au moment de quitter les rives du lac Rakstal, nous vîmes une bande de dacoits, dakous ou Djogpas à cheval arriver sur nous au grand galop. Quand ils furent à environ 100 mètres, je m'avançai, avec mon fusil dans une main et mon appareil photographique dans l'autre ; les ayant photographiés au moment même où ils descendaient de cheval, je mis mon fusil à l'épaule, je les visai, et je leur ordonnai de mettre bas les armes.

Je crois qu'il eût été difficile de trouver des brigands plus conciliants. En un clin d'œil ils jetèrent leurs fusils et leurs épées à terre et tombèrent à genoux, prenant leurs bonnets dans leurs deux mains, et tirant la langue en signe de salut et de soumission. Je ne pus me dispenser de les photographier une seconde fois, dans cette posture plutôt comique.

Les dacoits consentirent, après de longs marchandages, à nous vendre deux yaks pour quarante roupies ; je leur achetai également des bâts de yaks, du tsamba et du thé. Le total faisait cinquante roupies. Nous nous séparâmes très bons amis, et je conclus qu'à l'avenir, au Thibet, je me fierais plutôt à un bandit qu'à un fonctionnaire.

Durant cette entrevue avec les Djogpas, j'avais observé leurs costumes et leurs manières avec beaucoup d'intérêt. Leurs costumes surtout étaient très « représentatifs », car ils avaient une grande variété de vêtements et de couvre-chefs. L'un d'eux

MES DEUX YAKS. — D'APRÈS UNE PHOTOGRAPHIE.

portait un manteau de couleur claire orné d'une peau de léopard, un autre une grande robe de laine grise ressemblant à une robe de chambre, serrée à la taille par une ceinture ou *kamarband* ; un troisième était enveloppé dans une peau de mouton flottante, la laine tournée en dedans.

Les Djogpas, comme la majorité des Thibétains, portent une épée à la ceinture, et, que leur vêtement soit long ou court, il est toujours bouffant à la taille, de façon qu'il puisse contenir les bols nécessaires pour manger et pour boire (qu'on appelle les *pukus*), une tabatière, quelques sacs d'argent, du tsamba, des briques de thé. C'est à cause de tout cet assortiment d'objets divers portés sur eux que les Thibétains font, à première vue, l'impression d'être très gros.

Leurs variétés de coiffures sont innombrables. La plus originale, adoptée surtout par les soldats et par les dacoits, a la

USTENSILÉS THIBÉTAINS : BOURSES, TABATIÈRES EN CORNE ET TASSE
D'APRÈS UNE PHOTOGRAPHIE.

forme d'une section de cône, avec un très grand bord. Elle est
faite entièrement de corde tressée, comme les semelles de
bottes. Celles-ci sont particulièrement commodes et bien faites.
Tous les hommes, excepté les lamas, qui se rasent entièrement
la tête, portent une queue de cheveux longue ou courte et souvent
ornée d'un morceau d'étoffe, de pièces d'argent, de corail, de
malachite. Certains ont des boucles d'oreilles. Presque tous ont
suspendue au cou une petite boîte d'amulettes, en cuivre ou en
argent, contenant une image de Bouddha.

Les Thibétains sont en général très superstitieux, et croient à
des charmes de toute espèce. Comme beaucoup de leurs autres
défauts, la superstition est naturellement le résultat de leur
ignorance. On peut dire que, sauf pour les hauts fonctionnaires
et les lamas, il n'y a pas d'éducation au Thibet. La population
est tenue dans une ignorance absolue. Peu de gens savent lire,

personne ne sait écrire, et les lamas prennent soin que ceux-là seuls dont ils pourront se servir apprennent quelque chose.

JEUNE HOMME THIBÉTAIN. — DESSIN DE L'AUTEUR.

L'honnêteté et l'honneur sont deux vertus presque inconnues au Thibet, et quant à la véracité, tous les voyageurs peuvent témoigner qu'il est impossible de l'obtenir d'un Thibétain. La cruauté est innée chez ces gens-là, et le vice et le crime règnent partout.

Les femmes de ces Djogpas, quoique loin d'être belles, n'en avaient pas moins un certain charme, provenant de leur sauvagerie. Contrairement à la plupart des femmes thibétaines, elles avaient de bonnes dents, et leur teint n'était pas très foncé, beaucoup moins que n'eût pu le faire supposer l'onguent noir dont elles se couvraient les joues, le nez et le front. Elles avaient toutes des traits réguliers, et des yeux pleins d'expression.

Ayant quitté les Djogpas, nous atteignîmes l'arête qui sépare les deux lacs, et nous montâmes jusqu'à son sommet; l'altitude en est de 5 017 mètres.

FEMME THIBÉTAINE. — DESSIN DE L'AUTEUR.

De notre camp, nous pouvions voir, sur la rive orientale du lac Mansarouar, à 13 kilomètres environ de distance, le grand Gomba ou lamaserie de Tucker. Je résolus d'aller, dans la nuit même, y chercher des provisions, pour repartir immédiatement. Avant de partir, je contemplai longuement le panorama merveilleux des deux lacs que nous dominions. Le Rakstal, ou lac du Diable, avec ses rives déchirées, ses hautes falaises, ses îles rocheuses, ses longs promontoires, me paraissait beaucoup plus

ENFANTS THIBÉTAINS. — D'APRÈS UNE PHOTOGRAPHIE.

beau que son voisin le lac Sacré, qui, d'après la tradition, sert de
demeure à Mahadeva et à tous les autres dieux ; quoique les
eaux des deux lacs soient également bleues et limpides, quoique
chacun d'eux ait pour fond la même magnifique chaîne de Gangri,
le Mansarouar, la création de Brahma dont il a pris le nom,
n'est pas aussi étrangement fascinant que son voisin. Ses rives
sont plates ; la plaine pierreuse et légèrement en pente qui les
forme ne s'adosse que 3 kilomètres plus loin à une chaîne de
montagnes ; ce n'est que du côté de l'arête de séparation que les
bords sont un peu plus déchirés et escarpés.

Redescendant l'arête, nous longeâmes, sous des torrents de
pluie glacée, la rive Sud du lac Mansarouar, traversant à gué
ses tributaires, démesurément grossis par l'orage.

Après une marche d'une quinzaine de kilomètres, les aboiements d'un chien nous annoncèrent, entre deux et trois heures

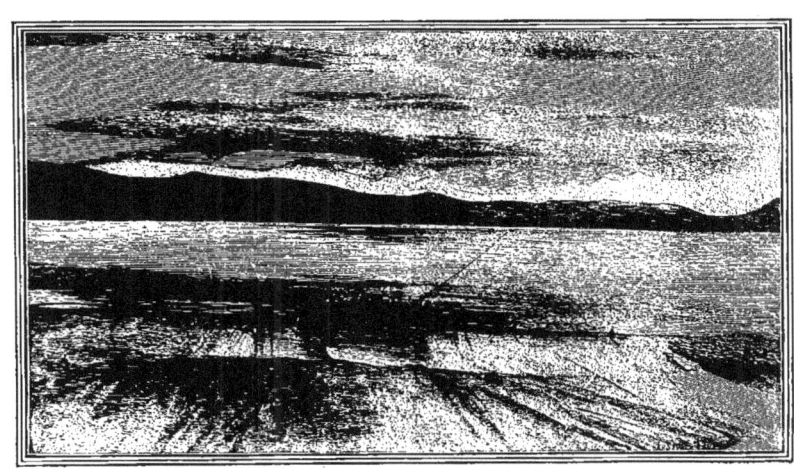

GOMBA (MONASTÈRE), PRÈS DE TUCKLIN, D'APRÈS UN DESSIN DE M. SAVAGE LANDOR.

du matin, l'approche d'un village ; nous frappâmes à la porte d'une cabane, si violemment qu'elle céda. Le propriétaire nous prit d'abord pour des dacoits ; il se calma en sentant un peu d'argent dans sa main. Il nous dit cependant qu'il préférait nous voir ailleurs, dans une hutte voisine, un *serai* ou asile pour pèlerins, qui était vide. Nous ne fîmes point de difficulté à aller nous y installer pour le reste de la nuit.

VASES THIBÉTAINS. — D'APRÈS UNE PHOTOGRAPHIE.

A notre réveil, nous nous trouvâmes entourés de Thibétains, hommes et femmes, qui nous offraient aimablement du poisson, des étoffes, des bijoux, tels que broches, anneaux, boucles d'oreilles en cuivre ou en argent ornés de malachite, et des spécimens intéressants de poterie indigène.

Des lamas se joignirent à la foule et vinrent me demander de visiter la lamaserie et le temple ; comme ils me prenaient pour un docteur hindou, ils me dirent aussi qu'ils avaient beaucoup de malades dans le village, et qu'ils comptaient sur mes bons soins.

En sortant avec eux, je pus voir enfin le curieux village où nous étions. L'orage de la nuit n'avait pas purifié le ciel, comme on aurait pu l'attendre. Des nuages menaçants étaient encore suspendus sur nos têtes ; les eaux du lac Sacré, légèrement agitées par le vent, venaient expirer sur la grève avec un bruit caressant. Chanden Sing et Mansing, les deux Hindous, ayant enlevé tous leurs vêtements, à l'exception d'un *doti*, étaient accroupis près du bord. Mes deux hommes, la tête tournée vers le Kaïlas, paraissaient excités et priaient avec ferveur. Ils se lavèrent à plusieurs reprises dans l'eau du lac, et à la fin ils y plongèrent. Puis, revenant tout frissonnants, ils prirent chacun dans leurs vêtements une roupie d'argent, et la jetèrent au lac, en offrande à Mahadeva. Enfin ils se rhabillèrent et vinrent me faire leurs salaams, en déclarant qu'ils étaient maintenant heureux et purs.

« Siva, le plus grand des dieux, demeure dans les eaux du Mansarouar », s'exclama Chandon Sing dans un élan poétique. « Je me suis baigné dans ses eaux, j'ai bu de ses eaux. J'ai salué le grand mont Kaïlas, dont la seule vue absout l'homme de ses péchés ; maintenant, je pourrai aller au ciel.

— Je serai content si nous allons jusqu'à Lhassa », grommela le sceptique Mansing, hors de la portée des oreilles des Thibétains. Chanden Sing, très versé dans les questions religieuses, me dit que seuls les pèlerins hindous ayant perdu père et mère avaient le devoir de se raser la tête en visitant le lac Mansarouar, comme un sacrifice à Siva. S'ils appartenaient à une haute caste, la coutume était qu'à leur retour au pays ils offrissent un banquet à tous les brahmanes de leur ville. Un homme qui s'est baigné dans le Mansarouar jouit d'une grande considération.

Le lac a environ 73 kilomètres de circonférence ; les pèlerins qui veulent atteindre un état particulier de sainteté en font le tour à pied, ce qui s'appelle un *kora*. Ce voyage demande, selon les circonstances, de quatre à sept jours ; un tour absout les pèlerins des péchés ordinaires ; deux tours font expier un meurtre ; trois refont honnête et bon celui qui a tué père, mère, frère ou sœur. On trouve des fanatiques qui font le tour du lac à genoux ; d'autres l'accomplissent en se jetant le visage contre terre à chaque pas.

D'après la légende, le Mansarouar a été créé par Brahma, et celui qui se baigne dans ses eaux a droit au paradis de Mahadeva : quels que soient les crimes qu'il ait pu commettre, un plongeon dans le lac sacré suffit pour purifier son âme en même temps que son corps. Pour complaire à mes hommes, et, qui sait ? pour m'attirer quelque chance, je jetai, moi aussi, une

FEMMES TIBÉTAINES, D'APRÈS UNE PHOTOGRAPHIE.

LAMAS. — D'APRÈS UN DESSIN DE M. SAVAGE LANDOR

couple de pièces d'or dans l'eau. Les ablutions terminées, je donnai l'ordre à Chanden Sing de prendre son fusil, et de me suivre au Gomba. Les lamas étaient si polis que je craignais quelque traîtrise de leur part.

Aussitôt que j'eus franchi avec mon compagnon le seuil du monastère, la grande porte se referma derrière nous. Nous étions dans une cour spacieuse, sur trois côtés de laquelle régnaient deux rangs de galeries, supportés par des colonnes. C'était là le *Lhaprang*, ou la maison du lama, tandis que devant nous s'élevait le *Lha Kang*, ou temple. A l'entrée, étaient accroupis deux lamas ayant devant eux des livres de prières et à la main un rosaire et un moulin à prières. En nous voyant ils cessèrent leurs dévotions, et se mirent à battre du tambour, ce qui fit affluer les lamas, jeunes et vieux, de tous les coins du monastère.

A leur grande stupéfaction, j'entrai tranquillement dans le temple en ayant ôté mes chaussures en signe de respect, et déposé quelques pièces d'argent sur le tambour du lama accroupi à ma droite. A la fin, le grand lama, ou supérieur du couvent, vint à moi, s'inclinant très bas, plaçant ses pouces l'un sur l'autre, pour me montrer combien il approuvait ma visite.

MOULINS À PRIÈRES. — D'APRÈS UNE PHOTOGRAPHIE.

Tout le long des murailles du temple étaient dressées des images représentant des divinités ou des héros bouddhistes sanctifiés, les unes en bois, les autres en métal. A leurs pieds était une longue tablette sur laquelle, dans de brillants vases de bronze, on voyait des oblations de tsamba, de fruit sec, de *tchoura*, de froment et de riz, faites par les dévots de ces différents saints.

Le plafond du temple était drapé d'une étoffe en laine rouge, semblable à celles que portent les lamas eux-mêmes. Il en pendait des centaines de bandes de soie, de laine, de coton, de toutes les couleurs imaginables. Le toit était supporté par des colonnes en bois formant un carré au milieu du temple, et réunies par des balustrades. Dans une niche, creusée au centre du mur qui faisait face à l'entrée, était l'image d'Ourghin ou *Koundjouk-Chik*, « dieu seul », et devant lui, sur une espèce d'autel couvert d'un tapis, des dons beaucoup plus abondants que n'en avaient réuni les autres images.

Le lama me dit que c'était là un Dieu excellent ; je m'inclinai donc et je déposai une petite offrande dans une sébille à ma portée. Cet acte de piété ou tout au moins de générosité parut

TUCKER : ENTRÉE DU TEMPLE. — D'APRÈS UNE PEINTURE DE M. SAVAGE LANDOR.

beaucoup plaire au lama, car il prit aussitôt une sainte amphore, pleine de liquide, et me versa quelques gouttes de parfum dans les mains. Ce dieu au-dessus de tous les dieux est l'incarnation de tous les saints, unis en une sorte de trinité, le *Koundjouh-Soum.* Ce mot, traduit littéralement, signifie : « les trois divinités ». D'après quelques-uns, cette triade se rapporterait aux trois éléments, l'air, l'eau et le feu, lesquels, pour les Thibétains, sont les symboles de la parole, de la charité, et de la force ou de la vie. Comme chacun le sait, un des commandements essentiels des bouddhistes est d'honorer son père et sa mère ; une de leurs défenses est de faire tort en quoi que ce soit à son prochain. D'après les préceptes contenus dans les quelque huit cents volumes appelés les *Kayars*, les Thibétains croient à un ciel (le *Deva Tsambo*), exempt de toutes les inquiétudes de l'existence humaine, plein d'amour et de joie, gouverné par un dieu infiniment bon, qui est aidé par d'innombrables disciples, les *Chanchoubs*, lesquels passent leur vie à accomplir des œuvres charitables chez les vivants. Ils croient aussi à un certain nombre de places intermédiaires de bonheur ou de peine, et même à un enfer, où les âmes des pécheurs sont tourmentées par le feu et par le froid.

J'interrogeais encore le lama quand, comme éveillé à une pensée soudaine, il saisit mes mains, écarta mes doigts et murmura deux ou trois paroles de surprise. Son visage devint sérieux, même solennel, et il se mit à me traiter avec une obséquiosité étrange ; se précipitant hors du temple, il alla informer les autres lamas de sa découverte : à leurs mots, à leurs gestes, je vis qu'ils étaient ahuris. Quand je fus de nouveau dans la cour, chaque lama voulut examiner mes mains. J'étais fort intrigué de ce changement d'attitude ; mais je ne devais en apprendre la cause que quelques semaines plus tard.

Sorti du monastère, je songeai immédiatement à me procurer des provisions, car plusieurs habitants m'avaient assuré que j'en trouverais autant que je voudrais. Quelle ne fut pas ma surprise, quand les Thibétains, après avoir compté mes hommes, me dirent qu'ils n'avaient pas une once de vivres à nous donner!

Cette résolution leur avait été évidemment dictée par mes Chokas, que je réprimandai durement. Se voyant déjoués, ils se laissèrent aller de nouveau à un accès de démoralisation. Je vis bien qu'il était inutile de les garder de force avec moi, et je me décidai à les renvoyer.

Réfléchissant d'autre part aux dangers qu'ils avaient courus, aux privations qu'ils avaient subies pour moi, j'ajoutai aux gages convenus une récompense honnête ; ils acceptèrent, en échange, de ramener en Inde une partie de mes bagages, consistant en photographies, collections ethnologiques, etc. Notre expédition était réduite maintenant à cinq personnes : Chanden Sing et Mansing me restaient fidèles ; Bidjesing le Djohari et Nattou de Kouti consentaient encore à m'accompagner jusqu'à la passe de Maioum. Je réussis à grand'peine à acheter des provisions qui pouvaient nous faire vivre cinq jours.

MONASTÈRE DE TUCKER. — D'APRÈS UN DESSIN DE M. SAVAGE LANDOR.

La séparation eut lieu à plus d'un kilomètre de Tucker, hors de la vue des Thibétains. Les cinq Chokas nous quittèrent en jurant, par le soleil et ce qu'ils avaient de plus sacré, qu'ils ne me trahiraient pas auprès des Thibétains, qui jusqu'ici n'avaient pas soupçonné qui j'étais.

<h2 style="text-align:center">V</h2>

Un camp thibétain. — Métallurgie et sellerie. — Fuite des deux derniers Chokas. — Rencontre d'un détachement de Thibétains. — Démonstrations d'amitié. — Rupture. — Les deux yaks enlevés et repris. — Soldats thibétains. — Surprise nocturne. — Nouveaux amis. — La passe de Maioum. — Dans le bassin du Brahmapoutre.

Tout semblait nous présager un heureux voyage, lorsque avec les quatre compagnons qui me restaient nous quittâmes le monastère de Tucker et prîmes la direction du Nord-Est, en longeant d'abord le lac Mansarouar, puis en traversant des chaînes de montagnes dénudées. Après un jour sans incidents, nous campâmes dans une plaine où l'on trouvait de l'herbe et de l'eau.

Le lendemain, au lever du soleil, je montai sur une éminence pour obtenir une vue à vol d'oiseau de la région environnante, trouver la route la plus facile à travers ce dédale de chaînes, et reconnaître notamment la direction exacte d'une rivière qui se jetait non loin de nous, dans le lac Mansarouar.

Ayant vu ce que je désirais, je retournai au camp, et nous partîmes dans la direction du Sud-Est. Après avoir franchi un col, nous nous trouvâmes au pied d'une hauteur dont le sommet ressemblait à une forteresse ; mais je ne tardai pas à voir, à l'aide de ma lunette, que ce prétendu castel n'était qu'une œuvre de la nature.

Un peu plus loin, la vue de quelques tentes noires et d'un troupeau de yaks et de moutons nous obligea à faire un détour ; nous suivîmes la vallée d'un gros affluent de la rivière, jusqu'au moment où je m'aperçus que nous allions trop au Sud ; nous remontâmes alors sur le plateau.

Nous y rencontrâmes deux Thibétaines conduisant des moutons, et je réussis, non sans peine, à leur en acheter quelques-uns. Ces deux femmes avaient des frondes à la main ; leur habileté à lancer des pierres et à atteindre le but à une grande distance était vraiment merveilleuse. Pour quelques annas, elles nous donnèrent une représentation, atteignant tous les moutons qui leur étaient indiqués, à 30 ou 40 mètres de distance.

Ces vagabondes personnes ne purent me donner aucun renseignement sur le pays : « Nous sommes des servantes, nous dirent-elles, nous ne savons rien ; nous connaissons tous les moutons de notre troupeau, et c'est tout, mais le seigneur de qui nous sommes les esclaves est un homme instruit, il sait d'où viennent les rivières, et connaît la route de tous les Gombas. C'est un grand roi.

— Et où demeure-t-il ?

— Là, où vous voyez cette fumée qui monte au ciel. »

L'endroit qu'elles nous montraient était éloigné de 3 kilomètres environ. Je ne pus résister à la tentation d'aller visiter ce « grand roi ». En approchant, nous découvrîmes un camp assez vaste de tentes noires. Notre présence y causa beaucoup d'émotion, et nous vîmes les hommes et les femmes sortir très excités de leurs tentes, les hommes brandissant leurs fusils et leurs sabres, et tout le monde criant : *Djogpas, Djogpas !*

Être pris pour des brigands, c'était là pour nous une sensation toute nouvelle. Cet appareil guerrier formait d'ailleurs un saisissant contraste avec les expressions terrifiées des Thibétains. Je m'avançai avec Chanden Sing, je leur dis de mettre leurs sabres au fourreau et de déposer leurs fusils. Ils obéirent aussitôt et nous apportèrent des coussins pour nous asseoir. Leur frayeur surmontée, ils se montrèrent très désireux de nous plaire. Mais lorsque nous demandâmes des vivres, ils nous jurèrent qu'ils n'avaient rien.

Sachant qu'ils mentaient, je leur déclarai tranquillement que je resterais là jusqu'à ce qu'ils m'eussent apporté des provisions ; en même temps, excellent moyen d'appuyer mon argumentation,

CAMPEMENT THIBÉTAIN. — D'APRÈS UNE PHOTOGRAPHIE.

je montrai quelques pièces d'argent. Alors, lentement, et par tout petits paquets, ils finirent par m'apporter les vingt livres de provisions que je demandais. Aussitôt que je leur eus donné l'argent, ils commencèrent à se quereller et ils en vinrent presque aux coups. La rapacité et l'avarice sont les traits principaux du caractère des Thibétains. Aucun d'eux, de quelque rang qu'il soit, n'a honte de mendier de la façon la plus abjecte, pour la plus petite pièce d'argent ; lorsqu'il vend et qu'il est payé, il implore toujours une pièce de plus, par-dessus le marché.

Tous ces hommes offraient un aspect extrêmement pittoresque, avec leurs longs cheveux tombant sur les épaules, et leurs longues queues ornées de morceaux d'étoffe rouge, de cercles d'ivoire et de monnaie d'argent. Ils avaient presque tous le vêtement typique du Thibétain, muni d'amples manches pendant largement au-dessous des mains, et bouffant à la taille pour contenir les ustensiles divers dont j'ai parlé.

Dans ce camp-ci, comme dans d'autres, je fus frappé de l'habileté des Thibétains à travailler le cuir ; ils le tannent et le préparent eux-mêmes, lui donnant parfois une belle couleur rouge ou verte, mais conservant d'ordinaire la teinte naturelle de la peau, spécialement pour les ceintures, les poires à poudre, les étuis à fusil, etc. Les peaux employées de préférence pour la tannerie sont celles du yak, de l'antilope et du *kiang*.

CHARPENTIER THIBÉTAIN.
D'APRÈS UN DESSIN DE M. SAVAGE LANDOR.

Ils impriment parfois sur le cuir de simples ornements ; mais le plus souvent ils y fixent, au moyen d'agrafes en fer incrustées d'argent, des ornements de diverses couleurs en métal ou en cuir.

On trouve dans le pays de l'argent et du fer. Pour fondre ces métaux les Thibétains emploient des creusets en terre ; leurs moules sont en argile. Ils connaissent aussi le travail de l'incrustation, et l'on voit notamment sur les fourreaux des sabres des ornementations, parmi lesquelles prédominent les modèles de feuilles, les arabesques variées, les motifs géométriques.

L'art de tremper le métal est encore dans l'enfance, aussi les lames thibétaines sont-elles en fer et non en acier. Elles ont cependant un fil remarquable, mais il leur manque l'élasticité des lames d'acier. Les selles, quoique peu confortables, sont adroitement faites. Elles sont en bois solide, avec un rebord de fer forgé, souvent incrusté d'argent ou d'or, qui se relève très haut, en avant et en arrière, comme dans une selle mexicaine. Les

UN ROCHER A INSCRIPTION.

INSCRIPTION GIGANTESQUE SUR UN ROCHER.
D'APRÈS UN DESSIN DE M. SAVAGE LANDOR.

selles de bât pour les yaks sont faites grossièrement d'après le même principe.

Nous nous remîmes en route avant la nuit, poussant devant nous nos deux yaks et notre mouton ; il eût été imprudent dé camper près des Thibétains. Nous fîmes donc halte dans un repli de terrain où nous étions un peu à l'abri du vent, qui soufflait avec force ; mais avec la nuit vint une grosse pluie qui transforma en étang la dépression où nous nous trouvions et nous obligea à replier notre tente et à grelotter dans nos couvertures.

Le lendemain matin, la pluie tombait de plus belle. Nous partimes en suivant la rive droite d'une large rivière, entre deux hautes montagnes neigeuses.

Vers le soir, nous fîmes halte, absolument épuisés, au pied d'un énorme rocher ; sur une de ses faces un lama avait patiemment sculpté en gigantesques caractères l'éternelle inscription : *Omme*

— 129 —

9

mani padme houm. La gorge était très étroite à cet endroit. Nous réussîmes à trouver un coin sec sous un large bloc, mais, comme il n'y avait pas assez de place pour nous cinq, les deux Chokas allèrent s'installer sous un autre rocher, à quelque distance. Il n'y avait là rien que de naturel et je ne pouvais prévoir aucun

BREBIS DE BÂT. — D'APRÈS UNE PHOTOGRAPHIE.

danger ; je portais moi-même les armes et les instruments scientifiques, tandis que les Chokas avaient sous leur rocher les sacs contenant toutes nos provisions, à l'exception des conserves de viandes.

La pluie tomba, le vent hurla toute la nuit, et, comme la veille, il nous fut impossible d'allumer le moindre feu. Le thermomètre ne descendit pas au-dessous de + 2° ; mais, trempés comme nous l'étions, le froid nous semblait intense. Nous étions si gelés que nous ne pûmes nous décider à manger, et, nous recroquevillant dans le petit endroit sec que nous avions à notre disposition, nous tombâmes bientôt dans un profond sommeil. Je n'avais jamais encore si bien dormi au Thibet ; il faisait donc grand jour quand je me réveillai. Ce fut pour constater la disparition de mes deux Chokas, Nattou de Kouti et Bidjesing le Djobari, qui s'en étaient allés avec leurs charges. Je découvris leurs traces à demi effacées, dans la direction d'où nous étions venus la nuit précédente. Les coquins s'étaient enfuis ; il n'y aurait eu là que demi-mal, s'ils n'avaient emporté presque toutes nos provisions et quantité de bonnes cordes, de courroies et d'autres objets dont nous avions besoin constamment, et qu'il nous était absolument impossible de remplacer.

SOUS LA PLUIE. — D'APRÈS UN DESSIN DE M. SAVAGE LANDOR.

Ainsi, de trente domestiques choisis qui étaient partis, vingt-huit m'avaient abandonné, et il n'en restait que deux, le fidèle Chanden Sing et Mansing le lépreux.

Le temps était toujours horrible; nous n'avions ni nourriture ni combustible. Je proposai à mes deux compagnons de s'en aller, eux aussi; je leur montrai les dangers qu'il y avati à m'accompagner plus loin, mais iis refusèrent absolument de me quitter.

YAK CHARGÉ. — D'APRÈS UNE PHOTOGRAPHIE.

« Sahib, me dirent-ils, nous ne sommes pas des Chokas. Si vous mourez, nous mourrons avec vous. Nous ne craignons pas la mort. Nous sommes tristes de vous voir souffrir, sahib, mais pour nous, qu'est-ce que cela fait? Nous ne sommes que de pauvres gens. Cela n'a donc pas d'importance. »

La fuite de ces deux hommes aurait dû, semble-t-il, me décourager tout à fait; je n'en fus, au contraire, que plus déterminé à poursuivre mes projets.

Ce n'était pas une petite affaire que d'avoir à courir moi-même pour ramener les yaks, qui s'en étaient allés en quête d'herbe, de sangler les bâts sur leurs dos, et d'y placer les lourdes caisses en étain contenant nos instruments scientifiques et nos plaques photographiques. Cela était d'autant plus difficile, étant donné l'agitation des yaks, que nous avions perdu nos meilleures cordes et courroies. Avec mille précautions, je réussis enfin à attacher nos caisses, et j'allais me relever, lorsqu'un terrible coup de corne de la bête m'atteignit à la tête, à un pouce derrière l'oreille, et m'envoya rouler tout de mon long par terre.

Je restai quelques instants sans connaissance, et pendant plusieurs jours, j'eus la nuque enflée et douloureuse.

Nous continuâmes à suivre la rive droite de la rivière, entre des collines rougeâtres et de lointaines montagnes neigeuses que nous entrevoyions par instants au Nord-Ouest et à l'Est-Sud-Est, lorsque la pluie cessait un instant de tomber. Nous avancions péniblement, enfonçant à chaque pas dans la boue, lorsque, vers le soir, nous découvrîmes un parti d'environ 150 soldats chevauchant à notre poursuite. Nous dérobant à leur vue, nous changeâmes aussitôt de direction, et nous grimpâmes rapidement au sommet de la chaîne de collines. Pensant, évidemment, que nous avions continué le long de la rivière, ils dépassèrent l'endroit où nous avions quitté le sentier, sans remarquer les traces de nos pas sur le versant de la colline. Bientôt le bruit des clochettes des chevaux se perdit dans le lointain.

. Nous restâmes campés toute la nuit à cet endroit, à 5 100 mètres d'altitude, prêts à fuir à la première alerte. Je veillai le fusil en main, jusqu'au matin. La pluie avait cessé; mais nous étions enveloppés d'un brouillard humide qui nous glaçait. Épuisé, je demandai à Chanden Sing de me remplacer, et je tâchai de dormir quelques instants.

Mais je fus bientôt réveillé par mon porteur. — « Vite, vite, votre fusil ! me dit-il à demi-voix. Entendez-vous le son des clochettes ? » On l'entendait, en effet, distinctement. Nos ennemis approchaient, évidemment en nombre, et il n'y avait pas de temps à perdre. Réussir à nous évader semblait impossible. Je me décidai donc à aller plutôt à la rencontre des cavaliers. Chanden Sing et moi avions nos fusils, Mansing son *koukri*, gourkha, et nous attendîmes leur arrivée. Alors sortit du brouillard une longue procession de formes grises semblables à des fantômes, chacune d'elles conduisant un cheval. L'avant-garde s'arrêtait de temps en temps pour examiner le sol; les soldats avaient, en effet, découvert notre piste, en partie effacée par la pluie, et ils la suivaient. Quand ils nous virent enfin au sommet de la colline, ils s'arrêtèrent. Ils étaient visiblement émus, et se consultèrent, très animés ; quelques-uns prirent leurs fusils à la main, d'autres tirèrent leurs sabres, tandis qu'assis sur un rocher au-dessous d'eux, nous les regardions avec une profonde attention. Après quelques hésitations, quatre officiers nous firent comprendre qu'ils désiraient s'approcher :

« Vous êtes un grand roi, cria l'un d'eux le plus haut qu'il put, et nous désirons déposer ces présents à vos pieds. »

En disant cela, il montrait quelques petits sacs, que portaient ses trois compagnons.

Je me sentais fort peu royal, après la détestable nuit que nous venions de passer. Je déclarai néanmoins que les quatre hommes pouvaient s'approcher, à condition que les autres se retirassent sur un point éloigné d'environ 200 mètres ; c'est ce qu'ils firent aussitôt, déposant leurs fusils de la façon la plus humble, et remettant leurs sabres au fourreau. Puis les quatre officiers vinrent à nous ; lorsqu'ils furent tout près, ils jetèrent les sacs à terre et les ouvrirent pour nous en montrer le contenu. Il y avait là du tsamba, de la farine, du *tchoura* (espèce de fromage), du *gouram* (pâte douce), du beurre, des fruits secs. Les officiers

LE TARJUM OU GOUVERNEUR DU TOKCHIM.
D'APRÈS LA PEINTURE DE M. SAVAGE LANDOR.

eux-mêmes se répandirent en manifestations de politesse. Ils se donnèrent comme les subordonnés du Tarjum de Tokchim, qui les avait envoyés pour s'enquérir de ma santé, et pour me montrer qu'il était mon meilleur ami. Il me priait d'accepter ces vivres, connaissant bien les difficultés d'un voyage à travers un pays inhospitalier. En même temps, les envoyés me présentaient un *kata*, ou « écharpe d'amour et d'amitié », un long ruban de gaze de soie mince, dont les extrémités étaient découpées en franges. Au Thibet, ces *katas* accompagnent n'importe quel présent. Les grands lamas en vendent aux dévots ou en offrent à ceux qui laissent un don suffisant après avoir visité une lamaserie ou un temple. Si l'on envoie un message verbal à un ami, on y joint un *kata*, et entre fonctionnaires ou lamas, on glisse même dans les lettres de petits morceaux de cette gaze de soie. Ne pas offrir de kata à un visiteur qu'on veut honorer est envisagé comme un manque de savoir-vivre.

Je m'empressai d'exprimer ma reconnaissance envers le Tarjum, et je remis à ses envoyés une somme en argent qui représentait trois fois la valeur des objets qu'il m'offrait. Après quoi nous nous mîmes à causer fort agréablement. Mais, à mon grand ennui, le pauvre Mansing, hors de lui à la vue de tant de vivres, ne put résister plus longtemps aux angoisses de la faim, et, sans réfléchir au manque d'étiquette et à ses conséquences probables, il se remplit la bouche de poignées de farine, de fromage et de beurre. Cet empressement fit soupçonner aux Thibétains que nous mourions de faim, et, avec leur habileté ordinaire, ils résolurent de profiter de la circonstance.

« Le Tarjum, dit le plus vieux des messagers, vous demande de revenir en arrière, et vous offre d'être ses hôtes. Il vous nourrira, vous et vos hommes, et vous retournerez ensuite dans votre pays.

— Merci, répondis-je, nous n'avons pas besoin des vivres du Tarjum, et nous n'avons pas envie de rebrousser chemin. Je lui suis très obligé de son amabilité, mais nous continuerons notre voyage.

BOMBARDEMENT INATTENDU.

— Alors, dit d'un ton irrité un jeune et gros Thibétain, si vous continuez votre voyage, nous reprendrons nos présents.

— Et votre *kata* », répondis-je en lui jetant en pleine poitrine une grande motte de beurre, puis les petits sacs de farine, de fromage, de fruits, qui avaient été déposés gracieusement devant nous quelques minutes auparavant.

Ce bombardement inattendu déconcerta complètement les Thibétains. Avec leurs cheveux, leurs visages, leurs vêtements poudrés, ils détalèrent le plus vite qu'ils purent, tandis que Chanden Sing, toujours prompt comme l'éclair quand il s'agissait de donner des coups, frappait de la crosse de son fusil dans la partie la plus arrondie d'un des ambassadeurs.

Mansing, le philosophe de notre bande, interrompu dans son repas, mais non troublé, ramassa, sans s'occuper de nous, les fruits, le fromage et les morceaux de beurre dispersés tout alentour, disant que c'était une honte de gaspiller ainsi de si bonne nourriture.

Les soldats, qui avaient suivi de loin les différentes phases des négociations, jugèrent prudent de battre en retraite : enfourchant leurs montures, ils galopèrent pêle-mêle sur les pentes de la colline et le long de la vallée, puis se perdirent dans le brouillard. Les pauvres ambassadeurs, qui n'avaient pu rejoindre leurs chevaux, suivaient aussi vite qu'ils pouvaient.

Leurs cris de détresse, causés par la peur seule, car nous ne leur avions fait aucun mal, ne firent qu'accroître le mépris dans lequel mes hommes tenaient les soldats thibétains et leurs officiers. La scène avait d'ailleurs été réellement comique, et j'en tirai tout le parti que je pus auprès de mes compagnons, en me moquant du prétendu courage des Thibétains.

Lorsque ceux-ci furent hors de vue, Chanden Sing et moi, oubliant tout amour-propre, nous aidâmes Mansing à ramasser les dattes sèches, les abricots, les morceaux de *tchoura,* le beurre et le *gouram,* puis, ayant chargé nos yaks, nous continuâmes notre route.

Le temps était toujours mauvais, et, dans l'après-midi, il

plut à torrents ; arrivés dans une grande vallée où nous devions
faire halte, nous ne pûmes trouver une place sèche pour poser
nos tentes ; la vallée entière était transformée en une nappe d'eau
de quelques pouces de profondeur. Nous étions au bord d'un
torrent venant d'une petite vallée ouverte au Nord. De côté
s'élevaient, prolongées dans la direction de l'Est, une série de
montagnes pyramidales, couvertes de neige, et de hauteurs à
peu près égales ; au Sud se dressaient également de hauts pics,
avec beaucoup de neige. Nous étions à 5 320 mètres d'altitude
et nous souffrions d'un froid intense.

La journée et la nuit suivante ne furent pas meilleures. Mais
le surlendemain, heureusement, le vent était tombé, et le soleil
se mit à briller. Nous pûmes enfin sécher nos vêtements et nos
bagages.

Pendant que nous procédions à cette opération, nous fîmes une
découverte fâcheuse : nos deux yaks avaient disparu. Je montai
sur une éminence, sondant la plaine avec ma lunette, et je ne
tardai pas à découvrir nos deux bêtes, emmenées par une dou-
zaine d'hommes à cheval, qui poussaient devant eux un troupeau
d'à peu près cinq cents moutons. A leurs vêtements, je reconnus
que ces gens étaient des brigands, et je me mis en devoir de les
poursuivre, laissant le camp à la garde de mes deux hommes.

Comme les brigands allaient très lentement, je ne tardai pas à
me trouver près d'eux ; quand ils m'eurent vu, ils hâtèrent le
pas, cherchant à fuir. Je leur criai trois fois de s'arrêter, mais
ils ne firent aucune attention à mes paroles. Je pris alors mon
fusil et je visai. Ils s'arrêtèrent, et, m'approchant, je leur
réclamai mes deux yaks. Ils refusèrent de les rendre, disant
qu'ils n'avaient pas peur de moi.

Mais comme ils étaient en train d'armer leurs fusils à mèche,
je pris les devants, et je donnai un violent coup de crosse dans
le ventre de celui qui était le plus rapproché de moi. Il tomba.
Je frappai ensuite sur la tempe droite d'un autre, qui tenait son
fusil entre ses jambes ; lui aussi chancela et tomba lourdement.
Ce fut un coup de théâtre. « *Chakzal, chakzal! Chakzal*

wortzié! (Nous vous saluons, nous vous saluons! Écoutez, s'il vous plaît!) » s'écria un troisième brigand, avec une expression d'épouvante et tenant, en signe d'approbation ses pouces au-dessus de ses poings fermés.

— *Chakzal!* répondis-je, en glissant une cartouche dans mon mannlicher.

— *Middù middù* (Non, non), dirent-ils alors d'un ton suppliant, en déposant rapidement leurs armes. »

Vers midi, comme nos vêtements étaient à peu près secs, la pluie se mit de nouveau à tomber. Après quelques hésitations, je me décidai à franchir une passe, à quelques kilomètres de distance. Ayant atteint deux petits lacs, au pied de la passe, nous nous mîmes à gravir des pentes couvertes de neige. Nous étions à mi-chemin lorsque, en nous retournant, nous vîmes huit soldats galopant vers nous. Nous les attendîmes. A peine arrivés, ils se livrèrent à leurs serviles révérences habituelles, déposant leurs armes à côté d'eux, pour bien montrer qu'ils n'avaient pas l'intention de combattre.

Une longue palabre s'ensuivit, dans laquelle les Thibétains protestèrent de leur amitié pour nous et de leur empressement à nous être utiles en tout ce qu'ils pourraient. C'était trop beau pour être vrai, et je soupçonnai des intentions de trahison, d'autant plus qu'ils nous pressaient de venir dans leurs tentes, où ils nous promettaient toutes les douceurs imaginables; ils allaient même jusqu'à nous offrir de nous vendre des chevaux. Leurs descriptions de l'accueil qui nous attendait étaient vraiment trop brillantes. Aussi, tout en les remerciant du fond du cœur, répondis-je que je préférais continuer mon chemin et supporter mes souffrances actuelles. Ils comprirent que je n'étais pas facile à prendre, et ils n'en eurent que plus de respect pour moi. Ils ne purent me dissimuler leur étonnement de ce que je fusse venu si loin avec deux hommes seulement. Je leur donnai quelques présents, et nous nous séparâmes bons amis.

Nous parvînmes au sommet du col, à 5 635 mètres d'altitude, et nous vîmes s'étendre, de l'autre côté, à 600 mètres plus bas une grande étendue de plaine, avec un lac, que je pris pour le Gounkyo. Afin de m'en assurer, je laissai sur la passe mes hommes et mes yaks, et je grimpai sur un pic qui dominait la passe d'environ 350 mètres. De là je pus avoir une bonne vue à vol d'oiseau du pays d'alentour. Au Nord s'élevait une chaîne de montagnes neigeuses, et, droit au-dessous, s'étendait ce que je pris pour une nappe d'eau, à en juger par les nuages et les brouillards qui planaient au-dessus et par l'herbe qui couvrait les pentes inférieures de la montagne. Je rejoignis mes hommes, et nous descendîmes l'autre versant de la passe, en enfonçant dans une neige profonde et molle. Nous posâmes notre tente dans une gorge étroite, à 150 mètres au-dessus de la plaine. Mansing et Chanden Sing ne tardèrent pas à s'endormir profondément; quant à moi, épuisé par mon ascension, j'étais trop énervé pour y réussir.

Je ne sais pourquoi je m'imaginai qu'il y avait quelqu'un en dehors de la tente; je n'entendais cependant aucun bruit. Mais je voulus satisfaire ma curiosité, et, le fusil en main, je jetai un coup d'œil à l'extérieur. Je vis un certain nombre de formes noires qui s'avançaient vers nous en rampant avec précaution. Aussitôt je sortis, les pieds nus, courant à l'ennemi et criant, de toute ma voix : « *Pila tedan tedang* (Prenez garde! prenez garde!) ». Ces seuls mots firent détaler nos visiteurs fantômes. Il y en avait, évidemment, un certain nombre qui étaient cachés derrière les rochers, car, lorsque la panique s'empara d'eux, le nombre des fuyards était double et même triple de celui des spectres que j'avais vus approcher. Ils faisaient un bruit affreux avec leurs lourdes bottes, en descendant la pente. Lorsqu'ils eurent atteint le pied, ils tournèrent autour de la montagne et disparurent. Quand je rentrai dans la tente, Chanden Sing et Mansing, entièrement enveloppés dans leurs couvertures, ronflaient encore.

Je ne pus naturellement dormir le reste de la nuit. Nous nous demandions comment les Thibétains nous avaient découverts, et nous ne pouvions nous empêcher de croire que c'étaient nos bons

LE LAC GOUNKYO. — D'APRÈS LA PEINTURE DE M. SAVAGE LANDOR.

amis de la veille qui les avaient mis sur nos traces. Mais les Thibétains s'étaient montrés, en toute rencontre, si inconcevablement lâches que nous n'attachâmes aucune importance à l'incident.

Nous descendîmes dans la plaine, et nous en avions déjà traversé la moitié. Je regardais de tous côtés avec ma lunette, en cherchant à découvrir nos ennemis, lorsque Chanden Sing, qui avait les yeux les plus perçants que j'aie jamais connus à un homme, nous montra le sommet d'une éminence où l'on pouvait voir en effet quelques têtes à l'affût derrière les rochers. Nous passâmes, sans faire semblant de nous douter de leur présence, et nous les vîmes sortir de leurs cachettes, descendant la pente sur une longue ligne en conduisant leurs chevaux. Arrivés dans la plaine, ils se mirent en selle et galopèrent vers nous. Rien de pittoresque comme leur costume, avec leurs manteaux rouge foncé ou leurs robes de peau brune ou jaune et leurs bonnets de diverses couleurs. Quelques-uns avaient des manteaux d'un rouge éclatant, brodés d'or, et étaient coiffés de toques chinoises. C'étaient des officiers. Ces costumes, et les fusils des soldats, auxquels étaient attachés de petits drapeaux rouge et blanc, faisaient des taches de couleur sur le fond triste des montagnes dénudées ; le tintement des clochettes des chevaux animait la monotonie de ces régions silencieuses et inhospitalières.

Les Thibétains descendirent de cheval à une centaine de mètres de nous, lorsqu'un vieillard, jetant d'un geste théâtral son fusil et son sabre, vint dans notre direction d'un pas mal' assuré. Nous le reçûmes aimablement ; il nous amusa beaucoup : c'était, à sa façon, un original.

« Je ne suis qu'un messager, nous dit-il. C'est pourquoi il ne faut pas vous fâcher contre moi, si je vous parle. Je ne fais que vous rapporter les paroles de mes officiers, qui n'osent pas venir, de peur de recevoir des coups. On a appris à Lhassa, d'où nous venons, qu'un *Plenki* (Anglais) est au Thibet avec beaucoup d'hommes, et qu'on ne peut le trouver nulle part. Nous avons été envoyés pour le prendre. Etes-vous de son avant-garde ?

— Non, répondis-je d'un ton sec. Je suppose que vous avez mis quelques mois pour venir de Lhassa ?

— Non, nous avons de bons chevaux, et nous sommes venus vite. »

Le Thibétain compta jusqu'à douze, en faisant des grimaces et en penchant la tête à droite comme pour rassembler ses pensées.

« Douze jours, continua-t-il, douze jours nous avons été en route. Nous avons l'ordre de ne pas revenir avant d'avoir capturé le *Plenki*. Et vous, me demanda-t-il d'un ton inquisiteur, combien de temps avez-vous pris pour venir du Ladak ? »

Il déclara qu'il pouvait voir à mon visage que j'étais un Cachemirien. J'étais sans doute si brûlé et si sale qu'on ne pouvait me distinguer d'un indigène. Le vieillard me fit toutes sortes de questions, cherchant à découvrir si j'étais un *pandit*, envoyé par le gouvernement de l'Inde pour faire le levé du pays ; il me demanda pourquoi j'avais changé mes vêtements indigènes contre ceux d'un *Plenki*.

Je lui dis que j'étais un pèlerin allant visiter des monastères. Il m'approuva fort et m'offrit de me montrer le chemin du lac Gounkyo avec tant d'insistance que j'acceptai. Mais quand je vis les 200 cavaliers se mettre en devoir de nous suivre, je lui fis entendre que cet appareil guerrier était inutile, puisque nous étions bons amis.

Confus et hésitant, il retourna vers ses hommes et, après avoir conféré, revint avec huit d'entre eux, tandis que le reste partait au galop dans la direction opposée.

Franchissant un col et traversant quelques chaînes peu élevées, nous nous trouvâmes enfin dans la vallée herbeuse et abritée du lac Gounkyo. Le lac, qui s'étend du Sud-Est au Nord-Ouest, était d'une beauté extraordinaire. La grande chaîne neigeuse du Gangri se dressait presque tout droit au-dessus de ses eaux; au Sud, des montagnes d'une certaine hauteur formaient un fond sauvage et pittoresque, mais nu et désolé au delà de toute expression. Au Nord-Ouest, des chaînes plus basses descendaient jusqu'à la rive.

Nous campâmes à 5 018 mètres. Les soldats thibétains s'établirent à une cinquantaine de mètres de distance. Ils vinrent nous voir dans la soirée et nous rendirent quelques petits services, tels que d'aller nous chercher du combustible et de nous faire du thé à la manière thibétaine. Ils prenaient un plaisir particulier à dire du mal des lamas. Ceux-ci, disaient-ils, accaparaient tout l'argent qui entrait dans le pays, et personne d'autre ne pouvait en avoir. Ils ne regardaient pas aux moyens pour arriver à leur but et se montraient cruels et injustes. Au Thibet, m'apprit-on, chaque homme peut être appelé à servir, et chaque soldat est un serviteur des lamas. Les soldats de l'armée permanente reçoivent une certaine quantité de tsamba, des briques de thé et du beurre, et c'est là toute leur solde. On leur donne encore un cheval. Leurs armes (fusils et sabres) leur appartiennent d'ordinaire et restent dans la famille ; mais à l'occasion, et spécialement dans les grandes villes, telles que Lhassa et Chigatzé, elles sont fournies par les lamas ; en outre les munitions sont régulièrement données par les autorités. Les armes sont fabriquées pour la plupart à Lhassa et à Chigatzé. Les Thibétains se vantent d'être de bons tireurs avec leurs fusils, qu'ils appuient généralement, comme les anciens mousquets, sur une « fourchette » de bois ; mais je n'ai jamais vu, dans les concours de tir, un seul concurrent atteindre son but. Il est vrai qu'en de telles circonstances, et pour faire des économies, le soldat thibétain ne se sert presque jamais de balles en plomb, mais remplit le canon de son arme avec de petites pierres.

Le lendemain matin, nous nous mîmes en route pour la passe de Maioum, en suivant la vallée de la rivière qui se jette dans le lac Gounkyo ; quoique fort élevée, elle a beaucoup de gazon. Arrivés en face d'un emplacement de camp, entouré de murs de pierre, d'où s'élevait de la fumée, — ce qui me fit soupçonner que quelqu'un était caché derrière, — nos amis thibétains nous engagèrent à nous arrêter. Je refusai.

Alors nos soldats, renonçant tout à coup à leur amabilité affectée, nous menacèrent de nous tuer si nous avancions.

« Nous devrons vous couper la tête ou vous aurez à couper la nôtre, s'écrièrent à la fois deux ou trois d'entre eux.

— Je n'ai pas de couteau », répondis-je très sérieusement, en faisant semblant d'être désappointé et en tournant la main, à la manière thibétaine.

Les Thibétains ne savaient que faire. Puis quand ils me virent reprendre le chemin du col, en tirant la langue en guise d'adieu et en élevant les paumes de mes mains sur mon front, dans le style le plus correct du pays, ils ôtèrent leurs bonnets et nous saluèrent humblement en s'agenouillant et en inclinant leurs têtes jusqu'à terre.

Arrivés près du col, nous croisâmes le sentier qui va du Ladak à Lhassa par Gartok, le long des rives septentrionales des lacs Rakstal, Mansarouar et Gounkyo. Sur le col lui-même étaient

PASSE DE MAÏOUM. — LES PRIÈRES À VENT, D'APRÈS UN DESSIN DE M. SAVAGE LANDOR.

plantés quelques pieux, réunis entre eux par des cordes, et sur lesquels des pièces d'étoffe flottaient gaiement à 'la brise. On voyait aussi des *obos*, ou *tumuli* de pierres dont beaucoup portaient l'inscription sacrée. Des crânes et des cornes de yak, de chèvre, de bélier, déposés près des obos, portaient également l'inscription gravée et peinte en rouge avec le sang de l'animal.

Les Thibétains offrent en effet un sacrifice lorsqu'ils franchissent les cols, et surtout quand ils ont des lamas avec eux. La viande de l'animal tué est mangée par les assistants, et, si ceux-ci sont nombreux, la cérémonie est même suivie de chants et de danses. On trouve de ces obos dans tout le pays, pour marquer le point culminant d'un col ou le sommet d'une montagne, et nul Thibétain qui passe près d'eux ne néglige d'y déposer une pierre blanche pour apaiser le courroux possible de la divinité. La passe du Maioum, qu'aucun Anglais n'avait jamais franchie, venant du même point que moi, a 5 337 mètres d'altitude. Elle marque une limite importante au Thibet ; l'une des premières sources du grand Tsan-Po, ou haut Brahmapoutre, naît sur ses pentes Sud-Est, ; elle sépare en outre les immenses provinces thibétaines de Ngari-Khorsoum et de Yu-Tzang, celle-ci province centrale du Thibet, dans laquelle est comprise la capitale, Lhassa.

Nous étions encore au sommet de la passe de Maioum lorsque nous vîmes, chevauchant dans notre direction, quelques-uns des soldats thibétains que nous avions laissés en arrière. Nous les attendîmes de pied ferme ; arrivé près de nous, leur chef, montrant la vallée qui s'étendait derrière le col, s'écria : « Là est le territoire de Lhassa, et nous vous interdisons d'y entrer. »

Je ne fis nulle attention à leur protestation, et, poussant devant moi les deux yaks, j'entrai dans la plus sacrée de toutes les provinces sacrées, « le territoire de Dieu ». Nous descendîmes rapidement le versant oriental de la passe. Les soldats nous regardèrent avec horreur, nous suivirent quelque temps des yeux et disparurent.

Un petit ruisseau, qui avait à peine quelques centimètres de largeur, descendait, au milieu des pierres, la vallée que nous suivions et se grossissait d'autres ruisseaux, formés par les neiges fondues, venus des deux côtés de la montagne. C'étaient là les premières eaux du Brahmapoutre, un des grands fleuves du monde. J'éprouvai quelque orgueil, je l'avoue, à être le premier Européen qui eût atteint ces sources, et un certain plaisir enfantin à me tenir, les jambes écartées, au-dessus de ce fleuve saint, qui est si large plus bas. Nous bûmes de ses eaux à sa source même, puis, prenant un sentier tracé, nous suivîmes la vallée, qui devenait herbeuse et doucement inclinée.

Il y avait entre les versants Ouest et Sud-Est de la passe un changement de climat extraordinaire. A l'Ouest, nous n'avions eu que de violents orages de grêle, de pluie, de neige, et l'humidité de l'air refroidissait la température, même de jour. Le sol était très marécageux, et l'on n'y pouvait trouver ni herbe, ni combustible. Aussitôt le col franchi, nous nous trouvâmes dans un climat doux et agréable, avec un joli ciel bleu sur nos têtes, de l'herbe pour nos yaks, des fourrés pour nos feux; après nos souffrances et nos privations, nous sentions vraiment que nous étions entrés dans « le pays de Dieu ».

VI

Un nouvel ami. — L'intérieur d'une tente thibétaine. — Les femmes thibétaines. — Mariage. — Polyandrie et polygamie. — Cérémonies funèbres. — Une attaque repoussée. — Traversée de marécages. — Mansing perdu et retrouvé. — Les yaks à l'eau. — Perte de nos bagages. — Arrivée à un campement thibétain. — Bon accueil. — Trahison. — Prisonniers.

Nous campâmes près de l'endroit où le Brahmapoutre naissant reçoit son premier affluent important, à 5 070 mètres d'altitude. De la passe de Maioum se détache un prolongement de la chaîne du Gangri, qui prend d'abord la direction du Sud-Est, puis celle de l'Est, sur une ligne presque exactement parallèle à celle de l'Himalaya. Entre les deux chaînes s'étend la vallée du Brahmapoutre, la région la plus peuplée du Thibet. L'herbe y est abondante, le combustible également, et c'est

LA SOURCE DU BRAHMAPOUTRE. — D'APRÈS UN DESSIN DE M. SAVAGE LANDOR.

pourquoi l'on peut voir des milliers de yaks, de moutons, de chèvres, paître près de nombreux camps thibétains qui s'élèvent le long du Brahmapoutre et de ses principaux tribùtaires. La vallée est suivie par la route des caravanes du Ladak à Lhassa, et, comme je venais au Thibet pour voir et étudier les Thibétains, je pensais qu'aucune région ne pouvait mieux m'en offrir l'occasion, d'autant plus qu'elle n'avait jamais été parcourue avant moi par un Européen.

Notre première nuit dans la vallée du Brahmapoutre fut assez mauvaise; nous craignions d'être attaqués par les Thibétains, et, pour plus de sûreté, nous ne dressâmes pas nos tentes.

Le lendemain, suivant toujours la vallée, nous fûmes assaillis par un terrible orage, avec pluie et grêle, d'autant plus importun que nous avions à traverser un gros affluent du Brahmapoutre, rapide, profond, et déjà gonflé par la pluie. Je ne savais comment le traverser; mais il n'y avait pas de temps à perdre, car il grossissait à vue d'œil. Sans plus hésiter nous ôtâmes tous nos vêtements que nous chargeâmes sur le dos des yaks, et nous envoyâmes ceux-ci dans l'eau. Les yaks sont bons nageurs, et nous vîmes, avec satisfaction, les nôtres atteindre la rive opposée, bien que le courant les eût entraînés à 100 mètres plus bas. Je pris ensuite Chanden Sing et Mansing par la main, en leur disant de me suivre. A peine avions-nous fait quelques mètres dans l'eau que nous fûmes emportés : Chanden Sing et Mansing, en proie à une panique assez naturelle, se cramponnèrent à mes bras et m'entraînèrent au fond. Je nageai désespérément avec mes jambes, mais à peine étais-je revenu à la surface que je devais plonger de nouveau, à cause du poids mort de mes deux infortunés compagnons. Enfin un effort désespéré nous amena sur l'autre rive, à 200 mètres plus bas que l'endroit d'où nous étions partis. Nous avions avalé tant d'eau boueuse que nous ne tardâmes pas, tous les trois, à nous sentir malades.

L'orage n'ayant pas diminué, nous nous décidâmes à camper en cet endroit. Nous avions un grand besoin de nourriture

chaude, mais pas moyen de songer à allumer un feu. Un morceau de chocolat fut tout ce que je pus manger. Quant à mes
hommes, ils préférèrent s'abstenir tout à fait plutôt que de vio-
ler les lois de leur caste en mangeant ma nourriture.

Nous étions endormis sous notre petite tente ; il était 11 heures environ, lorsque nous entendîmes au dehors comme un
bruit de voix et de gens butant sur des pierres. Je sortis aussitôt en armant mon fusil et en criant comme à l'ordinaire :
Palado! (Allez-vous-en !). Comme réponse, je sentis des pierres, lancées par des frondes, passer en sifflant à mes oreilles.
L'une d'elles frappa la tente, et un chien se mit à aboyer
furieusement. Je tirai en l'air, ce qui eut pour résultat de faire
battre en retraite nos ennemis inconnus. Mais le chien ne voulut pas s'en aller. Il resta toute la nuit dehors à aboyer. Je
me mis à le caresser à la mode thibétaine, avec les mots de
cho-chou, cho-chou ; il devint subitement tout à fait amical, se
frottant contre mes jambes, comme s'il m'avait connu toute sa
vie, et s'attachant spécialement à Mansing. A partir de ce jour,
il ne quitta plus notre camp et nous suivit partout, jusqu'à ce
que fussent venus les temps difficiles.

Le Brahmapoutre tournant trop au Sud, nous nous décidâmes
à abandonner la vallée du fleuve, pour suivre, plus au Nord,
une piste marquée par des centaines de traces de chevaux et qui
passait par un col de 5 410 mètres d'altitude : c'était évidemment
la route suivie par les soldats que nous avions rencontrés, et
très probablement la route de Lhassa. Au delà du col s'étendait
une grande plaine, entourée de montagnes nues. Nous en avions
traversé la moitié environ, lorsque nous aperçûmes des soldats
dissimulés à demi derrière une colline, et observant nos mouvements ; mais quand nous fûmes arrivés à 800 mètres environ
de distance, ils partirent au galop.

Nous traversâmes ensuite à gué une rivière assez forte, large
en cet endroit de 25 mètres, et nous établîmes notre camp sous
l'abri d'une roche à inscription. Au coucher du soleil, nous
vîmes distinctement devant nous, à une distance d'environ

NOTRE NOUVEL AMI LE CHIEN THIBÉTAIN. — D'APRÈS UNE PHOTOGRAPHIE.

3 kilomètres, un certain nombre de tentes noires — nous en comptâmes jusqu'à 60 — et tout autour des centaines de yaks noirs.

Le lendemain au lever du soleil, tout avait disparu, à notre grande stupéfaction : pas la moindre trace de camp dans la direction où nous en avions vu un. Je pensai que nous avions été le jouet d'un mirage.

Après une marche de 22 kilomètres environ, à travers une plaine herbeuse, nous arrivâmes à un vaste campement, réel celui-là, et composé d'environ 80 tentes noires, sur un autre affluent du Brahmapoutre. Comme nous avions besoin de vivres, nous nous dirigeâmes hardiment de ce côté. Notre approche semblait produire une grande émotion; on ramenait à la hâte les yaks et les moutons et l'on voyait femmes et hommes entrer dans leurs tentes et en sortir, d'un air très animé. A la fin 8 ou

10 hommes se décidèrent, non sans répugnance apparente, à venir à nous, et nous invitèrent à entrer dans une grande tente,

où ils voulaient, disaient-ils, nous parler et nous offrir du thé. Je n'acceptai pas l'invitation, mais nous traversâmes le camp pour nous arrêter à environ 300 mètres plus loin. Après quoi j'allai avec Chanden

PIERRE GRAVÉE. — D'APRÈS UNE PHOTOGRAPHIE.

Sing visiter toutes les tentes, dans l'intention d'y acheter des vivres.

Les tentes (*golingchos* ou *gurr* en thibétain) sont habilement construites et admirablement appropriées à la nature du pays. Elles sont faites de deux pièces d'un tissu de poils de yak enduit d'une graisse qui le rend imperméable. A chacune de leurs extrémités, les deux pièces d'étoffe sont supportées par des piquets ; une ouverture oblongue, pratiquée au sommet, laisse échapper la fumée. La base des plus grandes tentes était hexagonale ; le plafond, de 1^m,80 à 2^m,10 environ au-dessus du sol, était fort bien maintenu par des cordes passant sur de hautes perches latérales et solidement fixées au sol par des chevilles de bois et de fer ; des chevilles semblables étaient également employées pour maintenir l'adhérence de la tente au sol. De grandes perches, surmontées de prières volantes, étaient plantées autour de chaque

PIERRE GRAVÉE.
D'APRÈS UNE PHOTOGRAPHIE.

tente, généralement au nombre de quatre, soit une à chaque point cardinal. Dans l'intérieur de chaque tente, il y avait, adossé aux parois, un mur circulaire en pisé ou en bouse servant de protec-

UNE TENTE THIBÉTAINE. — D'APRÈS UN DESSIN DE M. SAVAGE LANDOR.

tion supplémentaire contre le vent, la pluie et la neige. A chaque
extrémité se trouvait une porte, mais celle qui faisait face au vent
était ordinairement fermée au moyen de flèches en bois.

Le Thibétain est de nature nomade ; il déplace sa tente suivant
les saisons et la transporte là où il peut trouver des pâturages
pour ses yaks et ses moutons ; mais, quoiqu'il n'ait pas de
demeure permanente, il sait s'installer confortablement, et porte
avec lui ce dont il a besoin. Ainsi il commence par élever, au
centre de sa tente, un *goling* ou foyer de pierre et de boue, de 3
pieds de haut et de 4 ou 5 de long, d'un demi de large, avec
2 ou 3 trous de ventilation ou davantage. Au sommet du foyer
sont placés les *raksangs*, c'est-à-dire les pots et écuelles de cuivre
dans lesquels le thé en briques est préparé et remué avec une
longue cuiller. Les ustensiles qui ont servi sont placés ensuite
sur une étagère portative. Non loin est le *toxzum* ou *dongbo*,
baratte cylindrique en bois, dans laquelle le beurre est mélangé
avec le sel et le thé.

INTÉRIEUR D'UNE TENTE THIBÉTAINE. — D'APRÈS UN DESSIN DE M. SAVAGE LANDOR.

Les tasses et écuelles de bois dont se servent les Thibétains s'appellent *puku*, *fruh* ou *cariel*; on y mange le *tsamba*, sur lequel on verse le thé; des doigts plus ou moins sales triturent en pâte la mixture ainsi obtenue, et souvent l'on ajoute à cette pâte des morceaux de beurre et même de fromage (*tchoura*).

Les gens riches, tels que les fonctionnaires, se régalent de farine et de riz, qu'ils importent d'Inde et de Chine, et de *kassur*, ou fruits secs, dattes et abricots, de qualité inférieure. Le riz est bouilli en une sorte de soupe appelée *tukpa*, un plat de luxe qu'on ne s'offre que dans les grandes occasions, en même temps que d'autres friandises très appréciées, le *gimakara* (sucre), et le *chelkara* (sucre blanc en bloc).

Les Thibétains aiment beaucoup la viande, mais peu d'entre eux ont le moyen d'en manger. Ils apprécient surtout le gibier, le yak et le mouton; la viande et les os réduits en miettes sont bouillis dans un chaudron où l'on a prodigué le sel et le poivre.

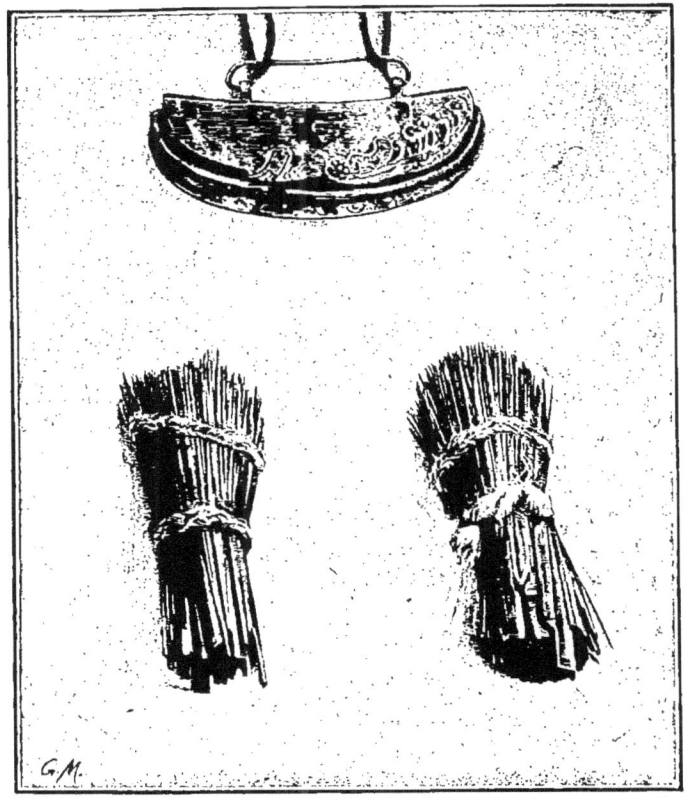

PEIGNES ET BRIQUET THIBÉTAINS. — D'APRÈS UNE PHOTOGRAPHIE.

Les gens de la tente trempent leurs mains dans le chaudron, puis, ayant pêché le morceau qui leur convient, ils y travaillent tant qu'ils peuvent des dents et des doigts en rongeant même les os, car la viande mangée sans os passe pour difficile à digérer.

Les tentes thibétaines sont généralement meublées de quelques *tildih* (coussins grossiers pour s'asseoir), qui sont disposés autour du foyer. Près de l'entrée est un *dahlo*, ou corbeille, dans laquelle on recueille la bouse, ramassée comme combustible. Ces dahlos, placés deux par deux, sont très commodes pour le chargement des bâts.

Sur les parois de la tente sont placés les *tsango*, ou sacs de tsamba, et les *dongmo*, ou pots de beurre : parmi les peaux de mouton et les couvertures, on peut voir les petites caissettes en bois dans lesquelles la provision de beurre est enfermée à clef. Le premier objet qui frappe les yeux à l'entrée d'une tente thibétaine est le *chokch* ou table, sur laquelle sont placées des bougies et des bols de cuivre, contenant les offrandes destinées au Chogan, le dieu doré auquel les habitués du *gurr* (tente) adressent leurs prières du matin et du soir. Les roues à prières, les chapelets sont là à profusion. Les fusils et les lances sont attachés aux piquets. Quant aux sabres et aux couteaux plus petits, les hommes les portent tout le jour sur eux, et les déposent à côté d'eux pour la nuit.

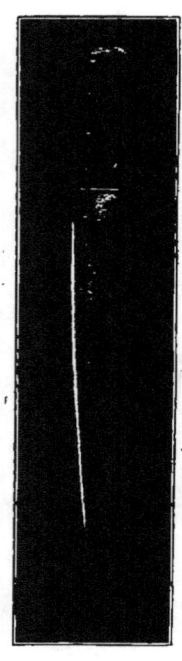

COUTEAU THIBÉTAIN.
D'APRÈS
UNE PHOTOGRAPHIE.

Les habitants du campement étaient polis et communicatifs, si aimables même, malgré leur refus de me vendre des vivres sous le prétexte de n'en avoir pas eux-mêmes, que je les soupçonnai de vouloir me trahir. Mais, traîtres ou non, je voulais profiter de mon séjour parmi eux pour voir et étudier le plus de choses possible.

Femmes et hommes s'assemblaient en cercle autour de moi, le sexe faible paraissant moins timide que le fort pour répondre aux questions. Je fus frappé, là comme ailleurs, du très petit nombre de femmes thibétaines. Ce n'est pas qu'elles soient enfermées ; loin de là, les dames du pays interdit semblent pouvoir faire ce qu'elles veulent. Mais elles sont réellement une infime minorité, la proportion étant, à première vue, et comme me l'a d'ailleurs confirmé un lama, de 15 à 20 hommes pour une femme ; néanmoins le beau sexe arrive à dominer la majorité masculine, tout en servant ainsi les intérêts des lamas.

La femme thibétaine, qu'elle soit dame, bergère ou brigande, ne peut passer pour séduisante. De fait, je n'ai pas eu la chance de voir, dans tout le pays, une seule jolie femme. Naturellement, j'ai vu des femmes moins laides que d'autres ; mais avec la crasse accumulée sur un corps qu'aucun savon, aucun lavage, aucun bain n'ont jamais effleuré depuis le jour de la naissance, avec un nez, des joues, un front enduits d'onguent noir, pour empêcher l'action du vent sur la peau, avec l'odeur désagréable qui émane de vêtements jamais changés, la moins laide des femmes thibétaines passera pour répugnante aux yeux d'un Européen. Cependant, si l'on surmonte ce

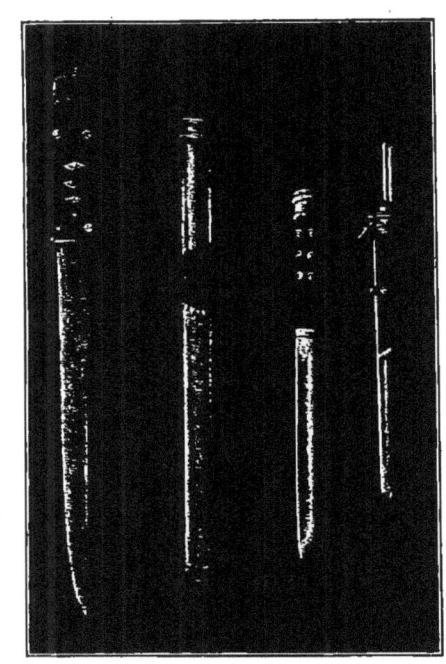

COUTEAUX THIBÉTAINS.
D'APRÈS UNE PHOTOGRAPHIE.

premier sentiment de dégoût, la Thibétaine, vue à distance, n'est pas sans un certain charme. Elle marche bien, car elle est habituée à porter de lourdes charges sur sa tête, mais son cou est court, gras et disgracieux. Son corps et ses membres sont bien développés et ont une grande force musculaire, mais manquent de stabilité. Ses seins sont flasques et pendants. Elle est d'ordinaire assez lourde et portée à l'embonpoint. Les mains et les pieds sont forts, les doigts manquent de souplesse et ne prédisposent pas aux ouvrages délicats.

Elle est cependant très supérieure à l'homme. Elle a plus de cœur, plus de courage, un plus ferme caractère. Très souvent lorsque les hommes, qui sont timides au delà de ce qu'on peut concevoir, s'enfuyaient à notre approche, les femmes restaient à garder les tentes, et quoiqu'elles n'eussent pas beaucoup de sang-froid, elles nous accueillaient d'ordinaire avec un certain semblant de dignité.

VIEUX THIBÉTAIN.
D'APRÈS UNE PHOTOGRAPHIE.

Dans la circonstance présente, elles se montraient moins timides et plus bavardes que les hommes ; elles obtinrent même d'eux qu'ils nous vendissent un peu de tsamba et de beurre.

Les femmes thibétaines portent, comme les hommes, des culottes et des bottes sur lesquelles retombe une longue robe, jaune ou bleue, qui descend jusqu'aux pieds. Leur coiffure est curieuse : leurs cheveux sont séparés avec soin par une raie médiane et enduits de beurre fondu tout autour du crâne et jusqu'aux oreilles ; plus bas ils sont disposés en nombreuses petites tresses, auxquelles est attaché le *tchoukti*, ornement consistant en trois bandes d'une lourde étoffe rouge et bleue, réunies par des bandes transversales, ornées de grains de corail et de malachite, de monnaies d'argent, de clochettes, le tout descendant jusqu'au talon.

Les femmes semblaient très fières de cette parure et la désignaient, avec beaucoup de coquetterie, à notre attention. Les Thibétaines riches ont toute une petite fortune qui pend ainsi derrière leur dos ; car l'argent et les divers objets de valeur

qu'elles ont gagnés ou mis de côté sont cousus dans le *tchoukti*.
A l'extrémité inférieure de cette parure, on voit un, deux ou trois
rangs de petites clochet-
tes, en cuivre ou en
argent, de sorte que
l'approche des dames
thibétaines est annoncée
par un tintement métal-
lique.

J'ai vu à Tucker une
dame thibétaine de Lhassa
en voyage. Elle avait les
cheveux particulièrement
longs et beaux, réunis en
une seule grande tresse ;
autour de sa tête était
disposée, en forme d'au-
réole, une parure en bois
circulaire à laquelle
étaient fixés des grains
de corail, de verre et de
malachite.

Ces vêtements fémi-
nins diffèrent naturelle-
ment suivant les localités
et les conditions sociales ;
mais, d'une manière gé-
nérale, ils sont partout
les mêmes.

On sait que les Thibé-
tains reconnaissent léga-

TCHOUKTI : PARURE DE FEMME THIBÉTAINE.
D'APRÈS LA PEINTURE DE M. SAVAGE LANDOR.

lement la polyandrie et la polygamie. Mais on ne sait guère
comment fonctionnent ces institutions : c'est pourquoi les
détails que j'ai pu recueillir présenteront quelque intérêt.

Tout d'abord je dois dire qu'il n'y a pas au Thibet, parmi

les femmes, de règles de moralité bien reconnues. Leur conduite est pourtant meilleure qu'on ne croirait; les jeunes filles thibétaines, comme les jeunes filles chokas, ont une grande franchise de manières et beaucoup de simplicité, avec une réserve qui a son charme. Pour le mariage, un Thibétain se trouve engagé dès qu'il a commencé à faire sa cour; il doit aussitôt se rendre avec père et mère à la tente de la dame de ses pensées. Il y est reçu par les parents de celle qu'il recherche. Après les salutations d'usage, le père demande, au nom de son fils, la main de la jeune personne. Si la réponse est favorable, le fiancé dépose un morceau carré de beurre de yak (*mourr*) sur le front de sa fiancée ; celle-ci lui fait subir la même opération, et la cérémonie est

MUSICIENS AMBULANTS THIBÉTAINS.
D'APRÈS UN DESSIN DE M. SAVAGE LANDOR.

considérée comme accomplie; le couple ainsi beurré est uni par les liens du mariage.

Si un temple est à proximité, on dépose des *katas*, de la nourriture et de l'argent devant les images de Bouddha et des saints, puis les deux époux font le tour de l'enceinte sacrée. S'il n'y a pas de temple, mari et femme font le tour de la colline la plus rapprochée ou, à défaut de colline, de la tente elle-même, en marchant toujours de gauche à droite. La cérémonie est répétée chaque jour pendant une quinzaine, avec des prières et des sacrifices; des fêtes et des libations se prolongent pendant toute cette période ; les cérémonies terminées, le mari emmène sa moitié dans sa tente. Mais c'est ici que les choses se compliquent!

Une jeune Thibétaine, en se mariant, n'épouse pas un seul individu, mais toute la famille de cet individu. Si un frère aîné épouse une sœur aînée, toutes les sœurs de sa femme deviennent ses femmes. Mais s'il épouse la seconde sœur, il n'est marié en même temps qu'aux sœurs plus jeunes, et ainsi de suite. D'un autre côté, si le mari a des frères, ils sont regardés comme les maris de la femme de leur frère et de ses sœurs.

FEMME THIBÉTAINE, LA FACE BARBOUILLÉE.
D'APRÈS UN DESSIN DE M. SAVAGE LANDOR.

Le système n'est pas simple, et, en vérité, il n'est pas très édifiant. N'était le savoir-faire tout spécial des femmes thibétaines, il amènerait toutes sortes de jalousies et de désagréments. Cependant, et cela est dû sans doute, en grande partie, au manque absolu de décence et d'honneur des Thibétains, il paraît fonctionner d'une façon aussi satisfaisante que tous les autres systèmes matrimoniaux. Je demandai ce qui arriverait dans le cas où, un homme ayant épousé une sœur cadette, et ayant acquis ainsi des droits sur les sœurs suivantes, un autre homme épouserait ensuite la sœur aînée. Toutes les femmes du premier deviendraient-elles celles du second? Non, me fut-il

DAME DE LHASSA VOYAGEANT. — D'APRÈS UNE PHOTOGRAPHIE.

répondu : le second devrait se contenter d'une seule femme.
Mais, si la sœur cadette était laissée veuve et si son mari
n'avait pas de frère, elle deviendrait, avec toutes ses sœurs, la
propriété du mari de sa sœur aînée

Il ne faudrait pas conclure de ces étranges institutions que la
jalousie soit inconnue entre hommes ou entre femmes. La discorde
surgit souvent dans les maisons ou les tentes. Mais la femme
thibétaine est habile, et elle arrive généralement à rétablir la
paix. Quand son mari a plusieurs frères, elle expédie ceux-ci,
sous différents prétextes, dans toutes les directions, pour garder
les yaks ou les chèvres, pour vendre des marchandises, un seul
restant près d'elle et jouant le rôle de mari; elle organise ainsi
une sorte de chassé-croisé jusqu'à ce que chaque frère ait eu,
dans l'année, une même longueur de vie maritale.

Le divorce est difficile au Thibet et il entraîne d'infinies com-

FEMME THIBÉTAINE PORTANT SON ENFANT DANS UN PANIER.
D'APRÈS UNE PHOTOGRAPHIE.

plications. Je demandai un jour à une femme thibétaine ce
qu'elle ferait au cas où son mari refuserait de vivre plus longtemps avec elle.

— Je lui dirais : Pourquoi m'avez-vous épousée ? Vous m'avez
trouvée un jour bonne, belle, sage, habile, affectionnée. Prouvez
maintenant que je ne le suis pas.

Ce modeste discours devait suffire, pensait-elle, à ramener
n'importe quel mari à la raison. Parfois, néanmoins, un Thibétain trouve à propos d'abandonner sa femme, de s'enfuir dans
quelque province lointaine ou même de franchir la frontière. Un
tel procédé rend la condition des frères du mari particulièrement
dure, car ils deviennent la propriété de la femme abandonnée.
En vertu du même principe, lorsqu'un homme meurt, sa veuve
devient l'héritage de ses frères.

AUTEL DANS UNE TENTE. — D'APRÈS UN DESSIN DE M. SAVAGE LANDOR.

La manière de reconnaître et d'attribuer les enfants est tout à fait spéciale. On ne se fonde pas, pour désigner comme père tel ou tel des maris, sur la ressemblance physique ni sur aucune conjecture raisonnable, mais on procède de la manière suivante : supposons qu'un homme marié ait deux frères et plusieurs enfants ; le premier lui appartient, le second appartient à son premier frère, le troisième à son second frère, puis le quatrième lui revient de nouveau, et ainsi de suite.

Les femmes peuvent se marier à 16 ans, les hommes à 18 ou 19. On voit des Thibétaines devenir mères assez tardivement ; j'ai rencontré une femme de quarante ans avec un bébé de quelques mois. Néanmoins, les Thibétaines perdent très jeunes leur fraîcheur ; c'est, sans nul doute, la coutume de la polyandrie qui détruit leurs charmes ; c'est à cette coutume encore qu'il faut rapporter principalement la limitation de la population du pays.

Les lamas sont tenus de vivre dans le célibat ; mais ils ne sont pas toujours fidèles à leur vœu, tentés sans doute par le fait qu'ils se tirent toujours d'affaire sans punition.

DAME THIBÉTAINE. — D'APRÈS UNE PHOTOGRAPHIE.

Les cérémonies funèbres des Thibétains sont intéressantes ; mais elles ressemblent exactement à celles des Chokas, que j'ai déjà décrites : il est donc inutile d'en reproduire la description.

Ce qui est plus particulier, c'est la façon dont on traite les cadavres. La méthode le plus rarement employée, à cause du manque de combustible, est la crémation : elle est réservée aux gens riches et spécialement aux lamas et se fait de la même manière que chez les Chokas. Un autre système, plus usité, consiste à plier le corps en deux, à le coudre dans des peaux, et à le laisser emporter par le courant d'une rivière. Mais la méthode la plus usuelle est la révoltante cérémonie que je vais décrire. Le cadavre du défunt est transporté sur le sommet d'une montagne, où les lamas prononcent diverses incantations et prières. Puis la foule, après avoir, en marchant, fait sept fois le tour du corps, se retire à une certaine distance, pour permettre aux corbeaux et aux chiens de le mettre en pièces. On considère comme un signe heureux pour le défunt et pour sa famille que les seuls oiseaux dévorent la plus grande partie de son cadavre; les chiens et les animaux sauvages ne viennent, disent les lamas, que lorsque le défunt a commis des péchés durant sa vie. Quoi qu'il en soit, la foule veille anxieusement sur la destruction du cadavre, et, au moment opportun, les lamas

VIEILLE DISEUSE DE BONNE AVENTURE.
D'APRÈS UN DESSIN DE M. SAVAGE LANDOR.

et la foule, tournant leurs moulins à prières et marmottant. l'éternel *Omme mani padme houm*, s'en rapprochent et tournent de nouveau sept fois autour de lui, en allant de gauche à droite. Les parents s'accroupissent tandis que les lamas s'assoient près du cadavre, en coupant avec leurs couteaux ce qui reste de chair. Le premier des lamas présents mange le premier morceau, puis les autres lamas l'imitent en récitant des prières, après quoi les parents et amis se jettent sur le cadavre à demi dépouillé, enlevant des morceaux de chair, qu'ils dévorent avidement, et

L'AUTEUR DONNANT UN COUP DE POING À UN OFFICIER TRIBÉTAIN,
D'APRÈS UN DESSIN DE M. SAVAGE-LANDOR.

continuent cet atroce repas de cannibales jusqu'à ce que les os soient entièrement nettoyés. La signification de cette horrible cérémonie, c'est que l'esprit du défunt restera toujours l'ami de celui qui aura avalé un morceau de sa chair. Quand les oiseaux et les chiens mangent du cadavre sans répugnance, cela montre que le corps du défunt était sain. Mais quand la mort a suivi quelque maladie pestilentielle et que les animaux ne veulent pas toucher au cadavre, il se passe une scène révoltante au delà de toute expression. Les lamas viennent s'asseoir auprès du corps, en faisant leurs habituels exorcismes ; ils ne se relèvent pas avant d'avoir mangé toute cette chair humaine pourrie. Les parents et amis se disent, en ce cas, que si les bêtes de proie ne veulent point du repas qu'on leur offre, c'est parce que le cadavre est celui d'un pécheur contre lequel Dieu est irrité. Et qui mieux que les lamas pourrait faire la paix entre Dieu et lui ? C'est pourquoi on le fait manger par eux.

Si l'on ne trouve pas un nombre suffisant de lamas, on jette le corps à l'eau, ou on l'attache à un rocher, après· que les parents en ont mangé un morceau, les bêtes et le temps devant faire le reste.

Les lamas sont réputés avoir beaucoup de goût pour le sang humain, qui leur donne, pensent-ils, de la force, du génie et de la vigueur. Ils aspirent le sang des plaies qui ne sont point empoisonnées, et même il leur arrive, dit-on, de faire des blessures pour avoir le plaisir d'en sucer le sang. Dans d'autres occasions, ils boivent du sang dans les coupes faites de crânes humains que l'on trouve dans tous les monastères.

Lorsqu'un lama particulièrement saint ou qu'un vieillard très respecté par la communauté vient à mourir, des restes de sa chair ou de ses cendres sont conservés et placés dans un *chokden* érigé pour la circonstance ; à en juger par le nombre des constructions de ce genre qu'on trouve dans le Thibet, on arrive à croire que la moitié de la population doit être composée de saints, à moins cependant que le niveau de sainteté exigé dans le pays sacré des lamas ne soit élevé.

En sortant le matin de notre tente, nous remarquâmes qu'un certain nombre de cavaliers, armés de fusils, étaient arrivés dans le campement. L'un d'eux, un grand gaillard, enveloppé dans un beau manteau de peau de mouton, se détacha de la bande pour venir vers nous. Il avait un air fort arrogant, et, se dispensant des salutations habituelles, il s'approcha de moi, le poing fermé.

« Je vous offre une chèvre et un mouton pour vous en aller, dit-il.

— Et moi, je vous offre ceci pour vous en aller », lui répondis-je aussitôt, en lui donnant un coup de poing qui l'envoya s'étaler tout de son long sur le sol.

La bande de cavaliers qui avec sa prudence ordinaire surveillait les événements à une distance respectueuse, battit rapidement en retraite. Quant à l'officier, quoiqu'il n'eût aucun mal, il partit en criant.

Les Thibétains se retirèrent dans leur camp, et nous laissèrent tranquilles jusqu'à notre départ. Nous nous dirigeâmes ce jour-là vers le Sud-Ouest, par un chemin relativement aisé. Nous rencontrâmes au pied d'une colline une longue muraille à *mani*, avec d'innombrables inscriptions de toute époque et de toutes dimensions, gravées sur des pierres, des morceaux d'os, des crânes et des cornes.

Le soleil devint très chaud, le sol marécageux, et durant l'après-midi nous fûmes en proie à d'innombrables moustiques qui nous rendirent à peu près fous. Le jour suivant, nous campâmes sur les rives du Brahmapoutre, devenu ici un fleuve large, profond et très rapide.

Le lendemain, nous remarquâmes, à environ un kilomètre et demi de distance, un grand campement sur la rive opposée du Brahmapoutre. Nous réussîmes, à notre grande joie, à acheter une chèvre à quelques Thibétains, et nous la confiâmes à Mansing jusqu'au prochain campement, où nous nous proposions de la manger.

Le Brahmapoutre se divise ici en plusieurs ramifications, qui

MURAILLE DE « MANI », PIERRES SACRÉES. — D'APRÈS UN DESSIN DE M. SAVAGE LANDOR.

se terminent la plupart dans de petits lacs, et qui transforment la plaine en un véritable marécage. La plus grande de ces branches était très large et profonde ; nous aimâmes mieux la suivre que la traverser, malgré le détour que cette route nous occasionnait. Le chemin était d'ailleurs détestable : durant plusieurs kilomètres, nous dûmes marcher dans l'eau ou enfoncer dans la vase jusqu'aux genoux. Nos yaks nous donnèrent beaucoup d'embarras ; lorsqu'ils enfonçaient dans la boue, ils s'agitaient de telle façon qu'une fois ou deux ils firent tomber leurs bâts et leurs charges. Nous arrivâmes enfin sur un sol plus ondulé et plus sec. Des colonnes de fumée s'élevaient du pied des montagnes situées à notre Nord. Nous marchâmes encore pendant 2 kilomètres, épuisés et affreusement sales. Nos vêtements, que nous avions réussi à laver le matin même, étaient tout constellés de boue.

Je m'aperçus alors que Mansing et sa chèvre n'étaient pas avec nous. Chanden Sing me raconta qu'il était resté en deçà des marécages, trop épuisé pour traîner l'animal. Je fus très inquiet, craignant soit que mon pauvre compagnon eût été attaqué par les Thibétains, soit qu'il eût été englouti dans une fondrière. Je partis à sa recherche, et je fus bientôt dans le marais boueux. J'avais déjà fait plusieurs kilomètres et je désespérais presque de retrouver le malheureux, lorsque j'aperçus quelque chose qui se mouvait, à 800 mètres environ : c'était la chèvre toute seule ; je me dirigeai vers elle, le cœur serré.

J'en étais déjà tout près, quand je vis le pauvre couli, étendu sur le dos, à demi enfoncé dans la boue, et complètement évanoui. Il avait heureusement pris la précaution de nouer la corde de la chèvre autour de son bras. Je le ramenai à la vie en le frottant et en le secouant un peu, puis je le pris par le bras, jusqu'au moment où nous fûmes rejoints par Chanden Sing.

Vers minuit, nous arrivâmes au camp thibétain de Tarbar, où les aboiements des chiens, signalant notre présence, causèrent la panique habituelle. Quand on entre dans un camp thibétain après le coucher du soleil et sans être annoncé, on court risque d'être pris pour un brigand ; c'était précisément ce qui nous arrivait.

En un instant nous fûmes entourés d'une foule de formes noirâtres qui s'agitaient confusément. Deux vieilles femmes déposèrent à mes pieds un baquet de lait, me suppliant d'épargner leurs vies, et grande fut leur surprise quand, au lieu de les tuer, je leur donnai en payement une roupie d'argent. Ce fut le premier pas vers un arrangement pacifique ; aussi en peu de temps le calme fut-il rétabli, et les Thibétains nous traitèrent-ils poliment, non sans nous regarder toujours d'un air soupçonneux.

Malheureusement nous ne pûmes obtenir de provisions. En sorte qu'après avoir soupé de la viande de notre chèvre, nous nous préparâmes à partir tôt le lendemain matin.

Nous suivîmes d'abord la vallée d'une grande rivière qui venait du Nord-Ouest. La journée était très belle, et nous pûmes admirer dans toute son étendue le magnifique panorama de la grande chaîne de montagnes qui s'étendait à notre Sud-Ouest. Les plus hauts pics avaient presque tous une forme pyramidale ; je remarquai, parmi eux, une grande cime quadrangulaire, que je pris pour le mont Everest.

Mes yaks semblaient connaître cette partie du chemin mieux que moi-même. Lorsque par hasard je perdais la piste marquée çà et là par les pas des hommes et des animaux, ce que j'avais de mieux à faire était de les suivre ; ils m'y ramenaient aussitôt.

De l'autre côté de la rivière, à un kilomètre environ du bord, il y avait un campement thibétain de cinquante ou soixante tentes, avec des troupeaux de moutons et de yaks. A ce point, mes deux yaks s'enfuirent tout à coup, au moment même où j'ordonnais à Chanden Sing et à Mansing de les décharger, et entrèrent délibérément dans l'eau. Mansing jeta une pierre pour les faire revenir ; mais le seul effet de ce projectile fut de les faire aller plus vite. Le courant était si fort qu'ils perdirent bientôt pied et plongèrent ; ils revinrent à la surface, mais pour être entraînés rapidement par le courant. Nous courions tout haletants le long

SAUVANT LE YAK. — D'APRÈS UN DESSIN DE M. SAVAGE LANDOR.

de la rivière, essayant par nos cris de leur faire gagner l'autre bord. Mais, dans leurs efforts désespérés pour rester sur l'eau, les deux bêtes se heurtèrent violement l'une contre l'autre; le choc fit tourner le bât et les charges du plus petit, qui, perdant l'équilibre, plongea et reparut deux ou trois fois à la surface. Le péril était grave. J'enlevai mes vêtements et je sautai à l'eau ; nageant rapidement vers l'animal, je pus, non sans grands efforts, l'amener sur l'autre rive, à environ 200 mètres plus bas. Nous étions sains et saufs, quoique fort essoufflés; mais, hélas ! les cordes qui retenaient les bagages avaient cédé; la selle et les charges avaient disparu. C'était pour nous une perte irréparable. J'essayai vainement de les retrouver, en plongeant à diverses reprises dans la rivière, jusqu'à ce que je fusse à peu près gelé; les charges étaient probablement enfouies dans la terre très molle du fond. Elles contenaient non seulement toutes mes boîtes de conserves et les autres provisions de bouche que je pouvais avoir, mais encore 800 roupies en argent, la plus grande partie de mes munitions, mes vêtements de rechange, trois paires de bottines, ma lanterne, des couteaux et rasoirs, etc.

Notre situation à ce moment pouvait être résumée en ces termes : nous étions au centre du Thibet, sans vivres d'aucune sorte, et sans autres vêtements et chaussures que ceux que nous portions et qui tombaient en pièces. Les quelques munitions qui nous restaient ne pouvaient guère nous servir, ayant été sous l'eau à diverses occasions, et nous n'avions autour de nous que des ennemis. Je me consolai comme je pus, en pensant qu'au moins j'avais conservé mes instruments scientifiques, mes notes, esquisses et cartes, objets auxquels j'attachais plus de valeur qu'à tout ce qui aurait pu être en ma possession.

Nous continuâmes notre route, éreintés, affamés, tâchant quand même de nous égayer et de nous habituer au jeûne. Nous y réussîmes à peu près pendant deux jours ; le troisième, mordus par le faim, nous nous dirigeâmes vers un campement thibétain, et nous réussîmes à y obtenir deux baquets de lait de yak.

Puis de nouveau quelques jours se passèrent sans pouvoir

nous procurer la moindre nourriture. Mansing et Chanden Sing, n'étant pas soutenus comme moi par l'intérêt d'une œuvre à accomplir, étaient dans une condition déplorable. Refroidis, fatigués, affamés, ils avaient à peine la force de se tenir sur leurs pieds. Mon cœur saignait à voir ces deux braves compagnons souffrir ainsi pour moi, mais aucune parole de plainte, aucun reproche ne s'échappaient de leurs lèvres.

« Qu'est-ce que cela fait, si nous souffrons, ou même si nous mourons ? me disaient-ils lorsque je leur exprimais ma sympathie. Nous vous suivrons aussi longtemps que nous en aurons la force, et nous resterons avec vous, quoi qu'il arrive. »

Chanden Sing n'était plus capable de porter son fusil, et je dus le lui prendre. De mon côté, j'étais languissant et épuisé. Je ne puis dire que j'éprouvasse une très vive souffrance physique. Cela était dû, je pense, à la fièvre produite par mon épuisement. Mais j'avais néanmoins une sensation particulière, comme si mon intelligence avait été entièrement obscurcie. Mon ouïe perdait aussi de son acuité. Je sentais mes forces baisser peu à peu comme la flamme d'une lampe dans laquelle il n'y a plus d'huile ; mais la tension et l'excitation nerveuses me maintenaient encore en vie ; j'allais devant moi, automatiquement.

Nous arrivâmes enfin dans un campement qui comprenait environ quatre-vingts tentes noires. Les Thibétains qui s'y trouvaient nous accueillirent aimablement, et sur ma demande ils déclarèrent qu'ils consentaient à nous vendre des chevaux, des vêtements et des provisions. Le soir même de notre arrivée, ils apportèrent à notre camp, que nous établîmes à 3 kilomètres du leur, des vivres et des *katas* ou voiles d'amitié. Un nommé Ando, qui se prétendait Gourkha, mais qui portait le vêtement des Thibétains, nous offrit de nous amener des chevaux le lendemain matin et de nous vendre une quantité de provisions suffisante pour nous faire atteindre Lhassa.

Nous eûmes ensuite la visite d'un lama, qui nous parut poli et intelligent et qui nous apporta du beurre et du fromage. Il nous dit qu'il avait voyagé en Inde jusqu'à Calcutta et qu'il venait

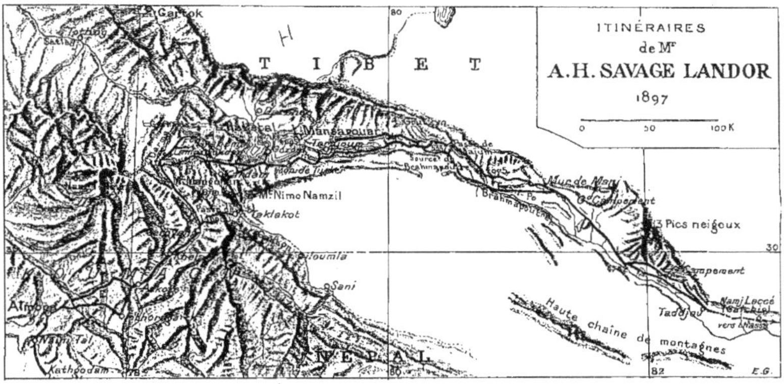

ITINÉRAIRES
de Mr
A.H. SAVAGE LANDOR
1897
0
50
100 K
T I B E T
Gartok
Mansarouar
Mt Nimo Namzil
Taklakot
Brahmapoutra
3 Pics neigeux
Campement
Haute chaîne de montagnes
Sani
NÉPAL
80
82
30
E.G.

ITINÉRAIRE DE L'AUTEUR. — D'APRÈS LA CARTE DE L'ÉDITION ANGLAISE.

INDIGÈNES AMENANT DES CHEVAUX À VENDRE.
D'APRÈS UNE AQUARELLE DE M. SAVAGE LANDOR.

de partir de Gartok pour Lhassa, où il espérait arriver en quatre ou cinq jours, ayant un excellent cheval. D'autres lamas nous assurèrent qu'ils avaient mis le même temps à venir de cette ville, et je ne crois pas qu'ils se soient trompés de beaucoup, puisqu'on peut se rendre en seize jours de cheval de la passe de Lippou à Lhassa. Comme à l'ordinaire les indigènes firent beaucoup de façons pour nous dire le nom de l'endroit où nous étions, les uns l'appelant Toxem, les autres Taddju.

A notre Nord s'ouvrait un col dans une chaîne de collines; c'était par là que je me proposais de passer. La grande route de Lhassa, que nous suivions, devenait en effet de plus en plus fréquentée, il était donc prudent de la quitter pour en prendre une autre. Mon intention était d'aller, vêtu d'un costume européen, jusqu'à quelques kilomètres de Lhassa; là je me proposais de laisser mes deux compagnons cachés dans quelque endroit écarté, de me déguiser et de pénétrer de nuit dans la cité sainte : chose assez facile, Lhassa n'ayant pas de portes et seulement une muraille en ruine. Je parvins à acheter aux Thibétains quelques vêtements et des chaussures ; quant à la queue de cheveux qui m'était nécessaire pour ressembler à un indigène, je me proposais de la faire moi-même avec les poils soyeux de mon yak. Pour ne pas me trahir par ma manière de parler, je pensais à me donner comme sourd et muet. Un bon repas ranima mes esprits, et en allant me coucher, je me voyais déjà dans l'enceinte sacrée. Le lendemain matin, Ando et deux ou trois Thibétains vinrent nous vendre, comme ils l'avaient promis, des provisions et des chevaux ; de nombreux groupes de villageois se joignirent à eux. Ayant acheté des provisions pour deux mois, et très joyeux de cette abondance inespérée, nous nous mîmes en devoir de choisir nos montures. L'attitude des Thibétains était si amicale, ils semblaient si sincères, que je n'avais pas le moindre soupçon. Chanden Sing et Mansing, très bons cavaliers tous les deux, enchantés de la perspective d'avoir des chevaux, les essayaient les uns après les autres ; ayant fini par choisir une très belle bête, Chanden Sing m'appela pour l'essayer et l'examiner à mon tour. Comme je ne soupçonnais aucune trahison, et que je ne pouvais guère essayer ce cheval le fusil à l'épaule, j'allai sans armes à l'endroit désigné, à 100 mètres environ de ma tente. Les indigènes me suivaient sans que j'y fisse attention. J'étais là, les mains derrière le dos, et je vois encore l'expression [de plaisir qui se montra sur le visage de Chanden Sing lorsque j'approuvai son choix. La foule qui nous entourait faisait écho à mon approbation. Je me penchais pour examiner les jambes de devant du cheval, lorsque je me sentis soudain saisi par derrière. Plusieurs individus, me prenant par le cou, les poignets et les jambes, me jetèrent la face contre terre.

Luttant avec énergie, je réussis à me débarrasser de quelques-uns de mes assaillants et à me relever pour leur faire face ; mais de nouveaux ennemis se précipitèrent sur moi, et je me trouvai entouré d'une trentaine d'hommes qui, m'attaquant de tous les

LE POSTE MILITAIRE DE TOYUM. — D'APRÈS UN DESSIN DE M. SAVAGE LANDOR.

côtés, me saisirent de toutes leurs forces, par les bras, les jambes, le cou. Trois fois ils me jetèrent par terre; trois fois, malgré ma faiblesse, je pus me remettre sur mes pieds, combattant jusqu'à la fin, des poings, des pieds, de la tête et des dents, dès que je pouvais dégager un de mes membres de leur étreinte, et frappant de droite et de gauche sur tout ce que je trouvais à ma portée. Malgré leur supériorité numérique, la timidité de mes assaillants était inimaginable, et ce fut à cela, non à ma force (car il ne m'en restait plus), que je dus de pouvoir résister pendant une vingtaine de minutes.

Mes vêtements étaient en lambeaux; de tous côtés on lançait sur moi de longues cordes, dans lesquelles mes pieds s'embarrassaient. A la fin, une de ces cordes s'enroula autour de mon cou. Immédiatement les Thibétains la tirèrent à eux, à ses deux extrémités, afin de m'étrangler. Exténué, hors

M. SAVAGE LANDOR
LIGOTTÉ PAR LES THIBÉTAINS.
D'APRÈS UNE PHOTOGRAPHIE.

d'haleine comme je pouvais l'être après les fatigues d'une telle lutte, je suffoquais. Mes yeux me semblaient sortir de leurs orbites. Ma vue s'obscurcit. J'étais désormais au pouvoir des indigènes. M'ayant traîné sur le sol, ils me frappèrent et me piétinèrent avec leurs lourdes bottes à clous, jusqu'à ce que j'eusse perdu connaissance. Puis ils m'attachèrent les poignets derrière le dos et me mirent encore des liens aux coudes, à la poitrine, au cou et aux chevilles. J'étais leur prisonnier.

VII

Q UAND je fus suffisamment ligotté, on me souleva et on me fit tenir debout. Le brave Chanden Sing avait eu le même sort que moi : il avait lutté de toutes ses forces, mais bientôt il

avait fini par être terrassé et attaché avec des cordes. Quant à Mansing, le lépreux, le pauvre couli fatigué, cloué au sol par quatre vigoureux Thibétains, il avait jugé, en philosophe, qu'il était inutile de résister ; mais cela ne l'avait pas empêché d'être ligotté comme nous. Dès le commencement du combat un coup de sifflet avait fait sortir 400 soldats armés, qui étaient cachés dans le voisinage, et qui nous tenaient maintenant en respect avec leurs fusils à mèche.

SOLDAT THIBÉTAIN.
D'APRÈS
UN DESSIN DE M. SAVAGE LANDOR.

En réfléchissant qu'il avait fallu aux Thibétains 500 hommes pour arrêter un Anglais et ses deux domestiques à demi morts de faim ; en songeant que nos ennemis, pour nous traiter comme des criminels dangereux, avaient dû recourir à la trahison la plus évidente ; en découvrant que ces soldats, appartenant aux troupes d'élite de Lhassa et de Chigatzé, étaient envoyés spécialement dans ce camp de Toxem pour nous arrêter et nous faire prisonniers, je ne pus retenir un sourire de mépris.

Je sentis mon sang bouillonner, lorsque, sur l'ordre du lama qui nous avait fait la veille des protestations d'amitié, quelques hommes s'avancèrent pour nous fouiller. Ils nous dépouillèrent de tout ce que nous avions, puis passèrent à l'examen de notre bagage. Ils regardèrent d'un œil soupçonneux nos montres et notre chronomètre, écoutant leur tic tac avec inquiétude et curiosité. Ils se les jetèrent brutalement de main en main, jusqu'à ce que leur mouvement s'arrêtât; ils déclarèrent alors que ces objets étaient « morts ». Les boussoles et les baromètres anéroïdes, qu'ils ne pouvaient distinguer des montres, furent jetés de côté, comme « n'ayant pas de vie en eux »; mais on ne toucha à nos fusils qu'avec beaucoup de précaution. On avait évidemment grand'peur qu'ils ne partissent tout seuls.

SOLDAT THIBÉTAIN.
D'APRÈS
UN DESSIN DE M. SAVAGE LANDOR.

Mon affirmation qu'ils n'étaient pas chargés n'eut d'abord pour effet que de rendre mes gaillards plus prudents encore. Cependant ils se décidèrent finalement à les prendre et à les inscrire sur la liste de nos objets confisqués. J'avais une bague en or que ma mère m'avait donnée quand j'étais enfant. Je demandai la permission de la garder; les superstitieux Thibétains en conclurent immédiatement qu'elle avait quelque pouvoir occulte, comme les baguettes des contes de fées.

On la confia donc à un nommé Nerba, qui devait jouer, plus tard, un rôle important dans notre supplice. Il reçut l'ordre de ne jamais me la laisser voir. C'était un spectacle insupportable pour nous que la vue de ces officiers et de ces lamas grossiers détériorant ou abîmant

SOLDAT THIBÉTAIN.
D'APRÈS UN DESSIN
DE M. SAVAGE LANDOR.

tout ce qui nous appartenait. C'est avec une particulière avidité qu'ils se saisirent, dans la poche de mon habit, de ma monnaie d'argent, 800 roupies à peu près. Officiers, lamas, soldats, se jetèrent ensemble sur ce trésor, et, quand l'ordre fut rétabli, il ne restait qu'un petit nombre de pièces.

Un des objets qui excitèrent le plus leur curiosité fut un coussin en caoutchouc, entièrement gonflé. La surface lisse et douce du caoutchouc semblait leur plaire particulièrement, et les uns après les autres ils y frottèrent leurs joues, en poussant des exclamations de plaisir. Mais, en jouant avec le pas de vis qui servait à gonfler le coussin, ils lui firent faire un tour et l'air emprisonné sortit avec un sifflement. Cela produisit sur mes Thibétains une véritable panique; ils se perdirent en conjectures sur les causes de cet étrange événement, qu'ils regardaient comme un mauvais présage. J'en profitai naturellement pour les effrayer autant que je le pus.

Ayant tout examiné, sauf les caisses imperméables où j'avais serré mes instruments et mes plaques photographiques, ainsi que mes esquisses, les Thibétains enfouirent en hâte tous nos objets dans des sacs et des couvertures, puis, les ayant placés sur des yaks, ils les firent porter dans la maison de garde en pisé de leur campement. Cela fait, ils attachèrent aux pommeaux de leurs selles l'extrémité des cordes qu'ils avaient passées à nos pieds, ils sautèrent sur leurs chevaux et partirent, nous traînant à leur suite, poussant des cris, des hurlements, lançant des coups de sifflet, des cris de victoire, et déchargeant en l'air leurs fusils à mèche.

En arrivant au campement nous fûmes séparés et emmenés dans différentes tentes. Mes derniers mots à mes hommes furent ceux-ci : « Quoi qu'on vous fasse, ne laissez pas voir que vous souffrez! » Ils promirent de m'obéir.

La tente où je fus conduit était l'une des plus grandes. Des soldats furent placés, pour me garder, au dehors. Ceux qui se tenaient près de moi se montrèrent d'abord revêches et grossiers, mais je me fis un devoir de leur répondre avec autant de calme et de politesse que je pus. J'avais déjà remarqué, dans d'autres occasions, que rien ne peut être plus utile vis-à-vis des Asiatiques qu'une attitude digne et froide.

La tente étant hermétiquement close, je ne pouvais rien voir de ce qui se passait au dehors; mais, à en juger par les bruits qui me parvenaient, le camp devait être dans un état de grande excitation. J'étais là depuis trois heures, lorsqu'un officier vint et m'ordonna de sortir.

« On va lui couper la tête », dit-il à ses camarades; puis, se tournant vers moi, il fit un geste significatif, en mettant ses mains en travers de son cou.

« *Nikutza* », (Très bien), dis-je sèchement.

Il ne faut pas oublier que, lorsqu'un Thibétain entend de telles menaces, il se jette d'ordinaire à genoux, demandant avec des larmes et des sanglots qu'on lui laisse la vie. Aussi les officiers furent-ils fort surpris de ma réponse; ils semblèrent se demander comment il fallait la prendre. De toutes façons, la première ardeur de mes geôliers était sensiblement refroidie, et ils m'entraînèrent hors de ma prison avec plus de répugnance que de fermeté.

Pendant le temps que j'avais été enfermé, on avait dressé, en face de la maison de garde, une grande tente blanche avec des ornements bleus. Tout autour étaient groupés des centaines de soldats et de villageois : le coup d'œil était pittoresque.

En m'approchant, je vis que le devant de la tente était grand ouvert. A l'intérieur se tenaient un grand nombre de lamas rouges, la tête rasée, vêtus de longues tuniques de laine.

Les soldats m'arrêtèrent quand je fus à une vingtaine de mètres : on serra les cordes qui me liaient, on en ajouta d'autres. Je vis qu'on amenait Chanden Sing; au lieu de me conduire devant les lamas, on m'entraîna derrière la maison, afin que je ne pusse pas voir la scène qui allait suivre. J'entendis qu'on interrogeait Chanden Sing d'une voix forte et irritée, et qu'on l'accusait d'avoir été mon guide. La foule poussa des cris sauvages, puis un silence de mort se fit. Quelques instants après, je distinguai le bruit d'un fouet, suivi de rauques gémissements de mon pauvre porteur. Je comptai les coups, qui tombaient régulièrement, avec un bruit sec qui faisait mal : vingt, trente, quarante, cinquante. Puis le bruit cessa.

Les soldats vinrent alors me chercher, et me poussèrent violemment devant le tribunal. Sur un siège élevé, au centre de la tente, était assis un homme qui portait d'amples culottes d'un jaune brillant et un court manteau jaune, à manches flottantes. Il avait sur la tête un chapeau à quatre pointes, tout doré, sur lequel étaient peints trois grands yeux. Il paraissait jeune. Sa tête était complètement rasée, car c'était un lama de premier ordre, un grand lama, et un *Pombo* ou gouverneur de province, avec des pouvoirs équivalant à ceux d'un souverain féodal. A sa droite était un grand et gros lama rouge qui portait un glaive à double poignée; derrière lui, et à ses côtés, se pressaient un certain nombre d'autres lamas, d'officiers et de soldats. Comme je me tenais droit et la tête haute, deux lamas se précipitèrent sur moi et m'ordonnèrent de m'agenouiller. Je refusai; ils essayèrent de m'agenouiller de force, mais je réussis à rester debout.

Le Pombo furieux m'adressa quelques paroles violentes : c'était du thibétain classique, et, comme je ne savais un peu que le thibétain usuel, je ne compris pas un mot; je le priai donc de ne pas user de si beaux termes, qui m'étaient inintelligibles.

Le grand personnage fut interloqué par ma requête. Puis, fronçant les sourcils, il me fit signe de regarder à ma gauche. Les soldats et les lamas se retirèrent, et je vis Chanden Sing étendu face contre terre, le bas du corps nu. Deux gros lamas recommencèrent à le frapper avec des lanières de cuir lestées de plomb, de la ceinture jusqu'aux pieds. Le pauvre garçon était tout couvert de sang. Chaque coup qui tombait sur sa peau m'entrait comme un poignard dans le cœur; mais je savais que si je témoignais quelque pitié pour lui, il n'en serait frappé que plus violemment. Je regardai donc son supplice comme un spectacle tout à fait banal. Les lamas les plus rapprochés de moi me mirent alors leurs poings sous le nez, en me disant que mon tour allait venir. Je souris et je répétai : « *Nikutza, Nikutza* (Très bien, très bien) ».

FUSTIGATION DE CHANDEN SING. — D'APRÈS UNE AQUARELLE DE M. SAVAGE LANDOR

INTERROGATOIRE.

Le Pombo et ses officiers ne savaient évidemment que faire de moi. Je le voyais bien à leurs visages, et plus je constatais que mon plan réussissait, plus aussi je trouvais de courage pour continuer à jouer mon rôle.

Le Pombo, un beau jeune homme efféminé, un excellent sujet apparemment pour des expériences hypnotiques, resta les yeux fixés sur moi, comme en une crise, pendant deux minutes au moins. Puis un changement extraordinaire se produisit dans son attitude; d'arrogante et d'irritée, sa voix devint douce et aimable. Les lamas qui l'entouraient étaient évidemment très inquiets de cette transformation. Ils me prirent, et m'emmenèrent à l'endroit où se trouvait Chanden Sing. Ils voulurent encore me contraindre à m'agenouiller, mais sans y réussir, et je fus autorisé finalement à m'accroupir devant les officiers du Pombo.

Les deux lamas qui torturaient Chanden Sing, laissant là leur victime, exhibèrent mes notes et mes cartes et se mirent en devoir de m'interroger; si je disais la vérité, m'apprirent-ils, ma vie serait épargnée; autrement je serais fouetté, puis décapité. Je répondis que je dirais la vérité, qu'ils voulussent me punir ou non.

Un des lamas, une grosse brute habillée d'un brillant vêtement de soie rouge avec col brodé d'or, dit que je devais déclarer « que mon domestique m'avait montré la route à travers le Thibet, et qu'il avait fait les cartes et croquis ». Si je disais cela, on me conduirait à la frontière sans me faire de mal : en revanche mon domestique serait décapité.

J'expliquai clairement, en répétant la chose plusieurs fois, que j'étais seul responsable des cartes et croquis, que j'avais trouvé mon chemin tout seul et que mon serviteur était innocent, ayant simplement obéi à mes ordres de me suivre au Thibet.

Ces paroles mirent les lamas en colère. L'un d'eux me frappa la tête du bout de sa cravache. Je fis semblant de ne pas m'en apercevoir, bien que le coup me fît très mal.

« Alors nous vous battrons, vous et votre homme, jusqu'à ce que vous disiez ce que nous désirons, s'écria le lama en colère.

— Vous pouvez me battre si vous le voulez, répondis-je avec assurance. Mais si vous nous punissez injustement, cela retombera sur vous. Vous pouvez nous arracher la peau, vous pouvez nous saigner à mort, mais vous ne pouvez pas faire que nous sentions la douleur. »

Je leur expliquai tous mes actes aussi clairement que possible. Malgré mes explications, ils continuèrent à fouetter mon pauvre domestique, qui dans son angoisse mordait le sol à chaque coup. Il fut héroïque : pas un mot de plainte, pas une prière ne sortit de ses lèvres. Il déclara qu'il avait dit la vérité et qu'il n'ajouterait rien. Quant à moi, surveillé de près par les lamas et les officiers, j'assistais à cette scène cruelle avec un stoïcisme affecté : à la fin, irrités de mon flegme, ils donnèrent aux soldats l'ordre de m'emporter. On m'emmena donc derrière la maison de garde, d'où j'entendis de nouveau les cris des lamas interrogeant Chanden Sing, et le bruit des coups de fouet dont on l'accablait.

La pluie commença alors à tomber. Ce fut pour nous une chance heureuse : au Thibet, comme en Chine, une averse produit un grand effet sur le peuple; on a vu même, dit-on, des massacres s'arrêter jusqu'à ce qu'elle cessât. Tel fut le cas cette fois-ci : dès les premières gouttes, les soldats et les lamas se précipitèrent de côté et d'autre pour entrer dans leurs tentes, et je me vis entraîné moi-même vers la tente la plus éloignée du campement. Un officier de haut rang y était assis, les jambes croisées. Il était vêtu d'une belle robe rouge foncé, ornée d'or, et d'une peau de léopard; il avait pour chaussures de grandes bottes chinoises noires et rouges. A sa ceinture était passé un magnifique sabre avec un fourreau d'argent massif incrusté de grands morceaux de corail et de malachite.

Cet homme, qui paraissait âgé de cinquante à soixante ans, avait une figure intelligente, raffinée, honnête et bienveillante. Du premier moment que je le vis, je devinai en lui, je ne sais pourquoi, un ami. Et de fait, au milieu de ces officiers et de ces lamas qui se conduisaient si brutalement il fut le seul à me traiter avec déférence. Il m'indiqua une place à côté de lui, et me fit signe de m'y asseoir. « Je suis un soldat, me dit-il d'un ton digne, et non un lama. J'ai été envoyé de Lhassa pour vous arrêter, et vous êtes maintenant mon prisonnier. Mais vous vous êtes montré sans crainte, et je vous respecte. » En parlant ainsi, il pencha la tête, toucha mon front du sien, et tira

la langue. Puis il fit un geste signifiant qu'il désirait en dire davantage, mais qu'il ne le pouvait pas, à cause de la foule.

Nous eûmes ensuite une conversation fort amicale. Il me dit qu'il était un *roupoun*, grade immédiatement au-dessous de général (*magpoun*), il me donna de nombreux détails sur l'armée thibétaine, et écouta avec intérêt ceux que je lui communiquai moi-même sur l'armée anglaise.

Il ne manquait pas d'humour. Je lui racontai comment les Thibétains s'étaient enfuis devant moi, en diverses rencontres, lorsque

CAVALIER THIBÉTAIN.
D'APRÈS UN DESSIN DE M. SAVAGE LANDOR.

j'avais mon fusil. Il se tourna de mon côté, et me répondit : « Oui, je sais qu'ils ont couru, mais ce n'était pas par peur ; c'était parce qu'ils ne voulaient pas vous faire de mal. »

Je répliquai que, dans ce cas, ils n'auraient pas eu besoin de courir si vite. Sur quoi le roupoun se mit à rire. Il m'affirma qu'il était très peiné de me voir ligotté, mais qu'il avait reçu l'ordre strict de ne rien me donner à manger et de ne pas m'enlever mes liens.

Les soldats, étonnés de l'attitude de leur chef à mon égard, modifièrent aussi la leur, ils m'apportèrent un coussin et cherchèrent à m'installer aussi confortablement que possible. Malheureusement, à la tombée de la nuit, le roupoun fut appelé vers le Pombo, et ma garde fut remplacée. Les nouveaux arrivants se montrèrent d'une grande brutalité ; ils m'arrachèrent de mon siège, et me jetèrent violemment sur un tas de bouse destiné à servir de combustible.

« C'est là la place des Plenki, cria l'un des hommes, et non la plus belle partie de la tente. » Après quoi ils m'attachèrent encore les pieds, et nouèrent une autre corde autour de mes genoux.

Les tentes thibétaines ne sont nulle part très propres, mais l'endroit où je devais passer la nuit était le plus sale de tous. Avec des cordes si serrées qu'elles s'incrustaient dans mes chairs, il n'y avait pas moyen de dormir; et, chose non moins désagréable, je me trouvai, au bout d'un instant, couvert par la vermine qui grouillait dans la tente. Ce fléau-là me fit souffrir d'indicibles tortures pendant le reste de ma captivité.

Au milieu de la nuit, le roupoun rentra. Il avait l'air consterné et au regard de compassion qu'il me jeta, je sentis qu'il avait de graves nouvelles à m'annoncer. Je ne me trompais pas. Il m'arracha de la place dégoûtante où j'étais et me transporta dans un endroit plus propre. Il donna ensuite l'ordre à un soldat de m'apporter une couverture. Puis, à mon grand étonnement, il prit un ton sévère en me disant qu'il devait examiner mes liens. Se tournant vers les soldats, il leur reprocha avec colère de m'avoir mal attaché et se mit en devoir de serrer davantage les nœuds: ce qui était évidemment impossible. Mais bien qu'il fît semblant d'y mettre toute sa force, je sentis qu'en réalité il les desserrait. Après quoi, il me couvrit rapidement d'une lourde couverture, se pencha et murmura à mes oreilles : « On doit vous couper la tête demain. Echappez-vous cette nuit. Il n'y a pas de soldats dehors ! »

Et le brave homme, éteignant la lumière, vint se coucher à mes côtés. Il aurait été relativement facile, après que tous les soldats furent endormis, de me glisser sous la tente et de m'enfuir. J'avais sorti mes mains de leurs liens, et je pouvais sans trop de peine défaire les autres nœuds. Mais la pensée d'abandonner mes deux serviteurs à la merci des Thibétains m'était trop pénible, et j'expliquai au roupoun que je ne pouvais profiter de son offre. Ayant les mains libres, je pus au moins dormir

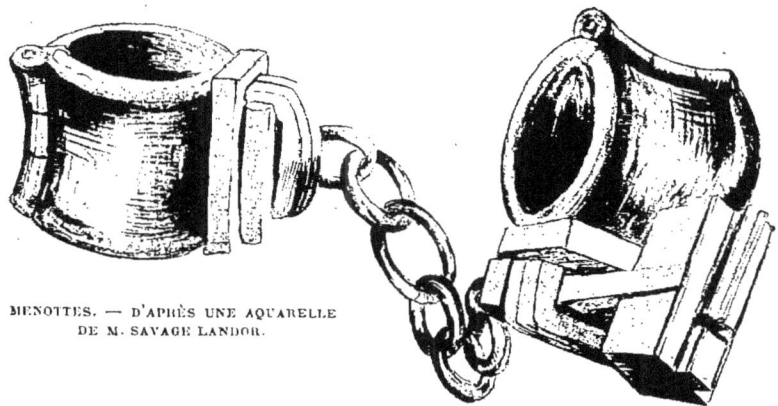

MENOTTES. — D'APRÈS UNE AQUARELLE
DE M. SAVAGE LANDOR.

le reste de la nuit; le matin venu, je glissai de nouveau mes mains dans les cordes.

Quoiqu'il semblât désappointé de mon refus, le roupoun me traita avec plus de déférence encore que la veille. Il versa du thé dans mon *puku* qu'il porta à mes lèvres, puis, voyant combien j'avais faim et soif, non seulement il remplit plusieurs fois la tasse, mais encore il y mêla du *tsamba* et des morceaux de beurre qu'il m'introduisit dans la bouche avec ses doigts.

Ce fut un spectacle touchant de voir les soldats, gagnés par la bonté de leur chef, suivre son exemple, sortir, l'un après l'autre, des poignées de *tsamba* et de *tchoura*, et les déposer dans ma bouche. Il est vrai que leurs mains n'étaient pas trop propres, mais en de semblables occasions il ne faut pas se montrer exigeant; j'avais été deux nuits et un jour sans manger et j'étais si affamé que cette nourriture me parut délicieuse.

Cette sympathie du roupoun et de ses soldats me faisait voir clairement que ma fin était proche. J'étais en outre très chagriné de ne pas avoir de nouvelles de Chanden Sing et de Mansing, et les réticences des soldats me faisaient craindre que quelque chose de terrible ne leur fût advenu. Je m'efforçai néanmoins de ne trahir aucune inquiétude, de considérer tout ce qui arrivait comme très naturel, et je passai toute la matinée à causer avec mes gardiens.

Dans l'après-midi un soldat entra dans ma tente, et me frappant lourdement de la main sur l'épaule il s'écria :

« Vous, avant que le soleil soit couché, on vous fouettera, on brisera vos deux jambes, on brûlera vos yeux, et vous serez décapité ! »

Chaque phrase était accompagnée d'un geste approprié. Je ris de ce qu'il me disait, affectant de traiter la chose comme une plaisanterie.

Mais ses paroles jetèrent un froid sur mes gardiens, qui cessèrent de causer avec moi. Des hommes entraient, sortaient, chuchotaient entre eux, ce qui indiquait qu'il se passait quelque chose; de plus, quand je faisais une question, personne ne répondait.

Une demi-heure plus tard, un nouveau personnage entra dans la tente, très excité. Il fit signe à mes gardiens de me conduire dehors; ce à quoi ils obéirent, après avoir serré mes liens et ajouté quelques cordes. Puis je fus amené dans l'une des pièces de la maison de garde, devant laquelle la foule s'assembla. Un instant après, Mansing y était amené aussi, également attaché. J'eus tant de plaisir à le revoir que j'oubliai tout ce qui se passait et que je ne fis aucune attention aux insultes de la foule, qui regardait par la porte.

Un instant encore et un lama entra, le visage souriant, disant qu'il avait de bonnes nouvelles à me donner.

« Nous avons des chevaux, déclara-t-il, et nous allons vous reconduire à la frontière. Mais le Pombo désire vous voir d'abord. N'opposez pas de résistance. Echangez ces cordes autour de vos poignets contre des menottes en fer. »

Là-dessus, il en exhiba une paire, qu'il avait dissimulée sous son habit, en ajoutant :

« Vous ne les porterez que quelques minutes, tandis que nous vous conduirons en sa présence. Après quoi vous serez libre.

Nous jurons par le soleil et par Kouyouk-Soun que nous vous traiterons avec bienveillance. »

Je promis de ne pas résister, surtout parce qu'il n'y avait guère de possibilité de le faire. Pour plus de sûreté ils lièrent mes jambes et me mirent un nœud coulant autour du cou ; puis je fus entraîné au dehors, la face contre le sol, et je me trouvai entouré d'un cercle de soldats, le sabre au clair. On détacha les cordes de mes poignets, et on les remplaça par des menottes en fer, réunies par une lourde chaîne. Des soldats me relevèrent, et, voyant que je ne pouvais dégager mes mains, ils commencèrent à m'accabler d'insultes, à cracher sur moi, à me jeter de la boue. Les lamas se montraient plus ignobles encore que les autres, notamment celui qui m'avait promis qu'on ne me ferait aucun mal.

Soudain, l'attention de la foule fut attirée vers le roupoun, qui s'approchait avec un certain nombre de soldats et d'officiers. Il semblait déprimé ; son visage était affreusement jaune. Les yeux fixés à terre, parlant très bas, il ordonna de me conduire de nouveau dans la maison de garde. Il m'y rejoignit et fit évacuer la pièce ; puis, ayant posé son front sur le mien, en signe de compassion, il secoua tristement la tête :

« Il n'y a plus d'espoir, murmura-t-il. On vous coupera la tête aujourd'hui. Les lamas sont méchants, et mon cœur est affligé. Vous êtes comme mon frère, et j'ai du chagrin. »

Le brave homme cherchait à me dissimuler son émotion. Il me fit comprendre qu'il ne pouvait rester plus longtemps, de peur qu'il ne fût accusé d'être mon ami.

Il sortit : la foule rentra dans la chambre, et je fus de nouveau traîné au dehors.

A ce moment même, j'entendis la voix agonisante de Chanden Sing, qui criait : « *Hazur, hazur, hom murgiaega!* » (Monsieur, monsieur, je meurs!) Alors, tournant les yeux du côté d'où venait la voix, j'aperçus mon fidèle porteur, les mains liées derrière le dos, et se traînant sur le ventre devant la porte d'une autre chambre de la maison. Son pauvre visage était à peine reconnaissable : il portait les traces de si terribles souffrances !

Je n'en pus supporter davantage : repoussant mes gardiens d'un coup d'épaule, je tâchai d'arriver au pauvre Chanden ;

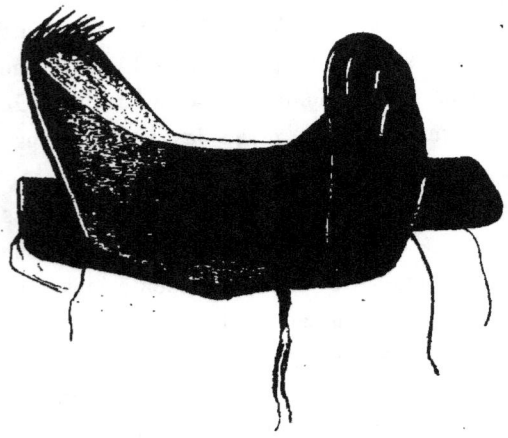

j'étais tout près de lui, lorsque les soldats sautèrent sur moi, m'enlevèrent de terre et me jetèrent sur un cheval.

Je m'attendais au pire : je criai cependant à mon brave domestique, afin de l'encourager, que j'étais emmené à Takla-

LA SELLE DE TORTURES.
D'APRÈS UN DESSIN DE M. SAVAGE LANDOR.

kot, et qu'il y serait conduit lui-même le lendemain. Il avait épuisé son dernier atome de force en rampant jusqu'à la porte ; il fut saisi et brutalement ramené dans la maison. Quant à Mansing, le pauvre couli, il fut hissé, les bras liés, sur un cheval sans selle.

La selle sur laquelle on m'avait placé était en bois, très haute ; sur le trousséquin étaient fixées horizontalement cinq ou six pointes en fer. Quand j'étais assis sur cet instrument de torture, les pointes entraient dans le bas de mon dos.

Vingt à trente cavaliers, armés de mousquets et de sabres, s'étaient joints à la troupe de mes gardiens, et nous partîmes à une furieuse allure. Un cavalier, devant moi, conduisait mon cheval au moyen d'une corde. Nous allâmes ainsi pendant des kilomètres.

N'eussent été ces pointes atroces, la chevauchée n'eût pas été si désagréable ; ma monture était excellente, et le pays que nous traversions était curieux et intéressant. Nous avancions le long

FURIEUSE CHEVAUCHÉE.

UNE FURIEUSE CHEVAUCHÉE. — D'APRÈS LA PEINTURE DE M. SAVAGE LANDOR.

d'une série interminable de collines de sables jaunes, d'inégale hauteur.

Arrivé au sommet d'un monticule, mon guide s'arrêta pour regarder le pays; nous vîmes loin, dans l'Est, un grand nombre de cavaliers arriver en secouant des nuages de poussière. Descendant alors la colline, nos montures enfonçant dans le sable mou, nous partîmes dans la direction de ces nouveaux venus.

Nous les rejoignîmes au bout de quelques kilomètres d'une course désagréablement rapide. Il y avait là 200 cavaliers environ, dont une centaine de lamas rouges au centre, avec des porte-bannière dont les têtes étaient couvertes de curieux chapeaux plats, et une centaine d'officiers et de soldats en tuniques grises, rouges et noires. Le Pombo, avec son habit, ses culottes jaunes et son étrange chapeau pointu, se tenait sur un cheval magnifique, un peu en avant d'une foule de lamas et d'officiers.

Lorsque nous arrivâmes près de la troupe, le cavalier qui conduisait mon cheval, laissa tomber la corde qui le retenait, et

— 203 —

le cheval, accablé de coups de fouet, fut lâché en liberté. Mes gardiens s'écartèrent. Le cheval se précipita dans la direction du Pombo. Comme je passais tout près de lui, le nommé Nerba, secrétaire particulier du Tarjum de Tokchim, s'agenouilla, et, me visant de son fusil à mèche, appuyé sur sa fourchette, me tira délibérément dessus. Quoiqu'il n'y eût de lui à moi que quatre mètres, il me manqua : la balle passa en sifflant à mon oreille; mon cheval épouvanté se cabra; mais je réussis à me maintenir en selle, malgré les pointes, qui me déchiraient cruellement. Quelques cavaliers se mirent à ma poursuite et se saisirent de mon cheval. Après quoi l'on prépara un autre numéro à sensation du programme de ma torture. Les lamas se plaisaient à ces nobles jeux; mais je me jurai que, quoi qu'ils me fissent, je ne leur donnerais pas la satisfaction de croire

UN PORTE-BANNIÈRE.
D'APRÈS L'AQUARELLE DE M. SAVAGE LANDOR.

que je souffrais. Je prétendais ne pas sentir l'effet des pointes qui me déchiraient la chair; aussi, quand on me reconduisit devant le Pombo pour lui faire voir que j'étais tout couvert de sang, je me

NERBA DÉCHARGEANT SON MOUSQUET SUR M. SAVAGE LANDOR.
D'APRÈS LA PEINTURE DE L'AUTEUR.

bornai à lui exprimer ma satisfaction de monter une si excellente
bête. Cette attitude parut l'intriguer beaucoup. On apporta alors
une corde en poil de yak, de 40 à 50 mètres de longueur, dont
un bout fut attaché à mes menottes, et l'autre pris par un
cavalier, puis nous recommençâmes notre course sauvage,
suivis cette fois par le Pombo et par tous ses hommes. Je ne
pus m'empêcher de me retourner une ou deux fois pour voir ce
qu'ils faisaient. La cavalcade avait un aspect bizarre et pittoresque, avec ces hommes en costumes de toutes couleurs, leurs
fusils à mèche ornés de pavillons rouges, leurs sabres incrus-
tés de joailleries, leurs bannières à longs rubans bigarrés flot-
tant au vent ; tous galopaient furieusement, criant, hurlant,
sifflant, au milieu du tintement assourdissant de milliers de
clochettes. Pour accélérer notre allure, un cavalier galopait

à nos côtés, en donnant des coups de fouet à mon cheval ; dans l'intervalle, celui qui tenait la corde faisait tous ses efforts pour me jeter en bas de ma selle, sans doute dans l'espoir de me voir fouler aux pieds par les cavaliers qui suivaient. Le corps penché en avant, pour garder mon assiette, j'avais les mains violemment tirées en arrière par la corde ; aussi la chaîne des menottes déchirait-elle la chair, et par endroits l'os était à nu. Naturellement, chaque mouvement du cheval enfonçait de nouveau les pointes dans mes reins.

La corde était très solide ; néanmoins, elle se cassa inopinément ; l'homme qui la tirait fut lourdement démonté, et moi-même je faillis être jeté à terre. Cet incident ridicule provoqua d'abord quelque gaieté chez les hommes de mon escorte ; mais bientôt, avec leur esprit superstitieux, ils y virent un mauvais présage.

Quand ils eurent arrêté mon cheval, je pensai à tirer parti de leur frayeur, en leur déclarant que tout ce qu'ils me feraient tournerait contre eux. Cependant la corde fut rattachée avec des nœuds solides, et, au bout de quelques minutes nous reprîmes notre galopade. Un nouveau coup de fusil fut tiré sur moi sans résultat, quelques flèches me furent lancées qui ne m'atteignirent pas.

Enfin, après une interminable chevauchée, nous arrivâmes, vers le coucher du soleil, à notre destination. Au sommet d'une colline s'élevaient une forteresse et une grande lamaserie ; à son pied avait été dressée la tente bariolée du Pombo. Le nom de cet endroit, comme je devais l'apprendre plus tard, était Namyi Laccé Galchio ou Gyatcho.

Deux ou trois hommes m'arrachèrent rudement de ma selle. Je ressentais une douleur intense dans l'épine dorsale, et je leur demandai un instant de répit. Mais ils refusèrent, et, me poussant brutalement en avant, m'annoncèrent que j'allais être décapité. Toute la foule des lamas et des soldats se mit alors à se moquer de moi, à faire le geste de me couper la tête et à m'accabler d'insultes de toute espèce. Je fus traîné jusqu'au lieu de l'exécution, à gauche de l'entrée de la tente. Sur le sol était une grosse poutre de bois en forme de prisme; on me fit tenir debout sur un des angles, et tandis que j'étais tenu par quelques hommes, d'autres s'efforcèrent de m'écarter les jambes le plus possible. Puis, quand je fus dans cette pénible position, les brutes m'attachèrent par les pieds à la pièce de bois avec des cordes en poil de yak. Quelques hommes se mirent à tirer sur les cordes; elles étaient si serrées qu'elles m'entamaient profondé-

VESTE DE M. SAVAGE LANDOR
MONTRANT LES EFFETS DE LA SELLE À POINTES.
D'APRÈS UNE PHOTOGRAPHIE.

ment la peau. Le bandit Nerba se glissa derrière mon dos et me saisit par mes cheveux, qui étaient très longs, n'ayant pas été coupés depuis plus de cinq mois.

Devant le Pombo se tenaient en rang les plus vilaines brutes que j'eusse jamais vues. Un gros individu, à figure répugnante, tenait à la main un maillet à nœuds, employé pour fracturer les os des victimes, un autre avait un arc et des flèches, un troisième tenait une épée à double poignée, d'autres montraient une série d'affreux instruments de torture. La foule, altérée de mon sang, était groupée en demi-cercle, laissant assez d'espace libre pour que je visse l'exhibition des outils de tortionnaires qui m'attendaient, et que les lamas agitaient, comme pour se préparer à l'action.

Trois lamas musiciens étaient debout à l'entrée de la tente; le premier tenait une corne gigantesque d'où s'échappaient, lorsqu'il soufflait, des bruits de tonnerre rauques, le second avait un tambour, le troisième des cymbales. A quelque distance, un quatrième instrumentiste tapait sans s'arrêter sur un énorme gong. Le bruit assourdissant de cet orchestre diabolique était répété par tous les échos de la vallée, et ajoutait ainsi à l'horreur de la scène.

Pendant ce temps, une barre de fer, tenue par un manche en bois, chauffait dans un brasier. Le Pombo, qui s'était, comme la première fois, mis quelque chose dans la bouche pour amener artificiellement l'écume à ses lèvres, arrivait peu à peu à un état de frénésie et se livrait à diverses contorsions. Un lama lui tendit la barre de fer toute rouge (le *taram*) ; il la saisit par le manche :

« *Ngaghi kiou meh taxon !* » (Nous allons vous brûler les yeux), s'écrièrent les lamas en chœur.

Le Pombo s'avança vers moi, brandissant l'atroce instrument. Je le regardai en face : il détourna les yeux. Il semblait reculer devant la besogne, mais les lamas qui l'entouraient l'excitaient à l'envi.

« Vous êtes venu dans ce pays pour voir », me dit-il, faisant allusion à mon récit de la veille. « Voilà votre punition. » En prononçant ces mots lentement, le Pombo leva le bras et plaça la barre de fer rouge à trois ou quatre centimètres de mes yeux, presque à toucher mon nez. Instinctivement je fermai les yeux autant que je pus ; mais la chaleur était si intense qu'ils me semblèrent, l'œil gauche surtout, se dessécher instantanément, et que je sentis une vive douleur au nez.

Le temps me parut interminable ; pourtant je ne crois pas que la barre de fer chaud ait été placée devant mes yeux plus de 30 secondes. Quand je relevai mes paupières endolories, je ne distinguai qu'une sorte de brouillard rouge. Mon œil gauche me faisait horriblement souffrir ; à chaque instant il semblait que quelque chose en obscurcît la vision. Quant au droit, il voyait encore. La barre de fer chaude avait été jetée à terre et grésillait sur le sol à quelques pas de moi.

J'étais ainsi, les jambes largement écartées, saignant du dos,

TORTURE DU FER ROUGE. — D'APRÈS LA PEINTURE DE M. SAVAGE LANDOR.

des mains, des jambes, voyant tout dans une affreuse lueur rouge, au milieu du bruit assourdissant du gong, du tambour, des cymbales et de la corne, la foule m'insultant et crachant sur moi, tandis que Nerba me tenait si serré par les cheveux qu'il les arrachait par poignées. Tout ce que je pouvais faire, c'était de rester calme, maître de moi, et de regarder avec une indifférence apparente les préparatifs des nouvelles tortures qu'on allait m'infliger.

« *Mioumta nani sehko.* » (Tuez-le avec un fusil), s'écria une voix rauque.

Un soldat chargeait à ce moment un fusil à mèche; il avait placé dans le canon une telle quantité de poudre, que celui qui aurait à s'en servir devait, j'en étais convaincu, se faire sauter la cervelle; aussi fut-ce avec une certaine satisfaction que je vis donner l'arme au Pombo. Celui-ci la plaça sur mon front. Puis un soldat se pencha et mit le feu à la mèche. On entendit alors une bruyante explosion, qui me donna un grand choc, et, à la surprise générale, le fusil trop chargé s'échappa des mains du Pombo. Je m'efforçai de rire.

Confuse de ce dernier incident, exaspérée de l'insuccès de toutes ces tentatives, la foule se mit à pousser des cris féroces. « *Ta Kossaton, ta kossaton. Ngala mangbo chidak mayidan.* « Tuez-le, tuez-le! Nous ne pouvons l'effrayer ! » hurlait-on de tous côtés dans la vallée.

Un glaive à deux poignées fut tendu au Pombo, qui le tira du fourreau. « Tuez-le, tuez-le! » cria de nouveau la foule, en excitant encore mon bourreau. Mais celui-ci, n'ayant pas surmonté la crainte que venait de lui inspirer l'accident du fusil, et l'attribuant évidemment à l'action d'un pouvoir occulte, et non pas au fait que l'arme était trop chargée, hésitait à s'avancer.

Je profitai de ce répit pour déclarer qu'ils me tueraient s'ils voulaient, mais que s'ils me tuaient aujourd'hui, ils mourraient tous demain, — fait incontestable, tous les hommes étant mortels. Cette déclaration les refroidit pour un moment. Mais l'excitation de la foule était trop grande pour s'apaiser, et le Pombo fut bientôt entraîné à un nouvel accès de frénésie. Sa figure devint méconnaissable, et il avait tout à fait l'allure d'un fou.

Un lama s'approcha et lui glissa quelque chose dans la bouche. Il écuma, retroussa ses manches, et s'avança vers moi à pas lents et pesants, les bras étendus, balançant de droite et de gauche la lame nue et brillante du glaive.

Nerba, qui me tenait toujours par les cheveux, reçut l'ordre de me faire baisser la tête. Je résistai, avec le peu de force qui me restait et avec le courage nerveux d'un homme condamné à mourir, mais résolu à rester la tête haute devant la mort. Ils pouvaient me tuer, c'est vrai, me mettre en pièces, s'ils le désiraient, mais jamais, avant que j'eusse perdu mon dernier atome de force, ces bandits ne me contraindraient à m'incliner devant eux. Je mourrais, soit, mais ce devait être en regardant de haut le Pombo et ses acolytes.

L'exécuteur était maintenant tout près de moi. Il tenait le glaive de ses mains nerveuses, l'élevant très haut au-dessus de ses épaules. Puis il l'abaissa jusqu'à ma nuque, qu'il toucha de sa lame, comme s'il voulait mesurer la distance nécessaire pour asséner un bon coup, bien sûr. Reculant ensuite d'un pas, il releva promptement l'arme, et l'abattit de toutes ses forces ; le glaive passa très désagréablement près de mon cou, mais ne me toucha pas. Je ne sourcillai pas, mais je vis bien que mon attitude semblait impressionner mon bourreau au point de lui faire peur. Il répugnait évidemment à continuer sa diabolique représentation. Pourtant la foule était toujours plus impatiente et turbulente ; les lamas qui l'entouraient l'excitaient avec des gestes de fous. Tandis que j'écris, j'entends encore les hurlements sauvages, je vois les figures avides de sang des spectateurs de ma torture. Evidemment contre son gré, le Pombo recommença une fois encore l'opération. La lame passa si près qu'elle n'alla sûrement pas à plus d'un centimètre de mon cou.

Il semblait que mon sort était décidé. Mais, chose curieuse à dire, même à ce point culminant du drame, je n'arrivais pas à me représenter sérieusement que j'allais mourir. Pourquoi ? je

LE COUP DE SABRE. — D'APRÈS LA PEINTURE DE M. SAVAGE LANDOR.

n'en sais rien puisque tout m'indiquait clairement que ma fin était proche ; mais j'avais pendant tout ce temps le sentiment distinct que je vivrais pour voir le dénouement de ce drame. J'étais très peiné, si vraiment ma fin devait être si prochaine, de ne pas revoir une dernière fois mes parents, mes amis, et de penser qu'ils ne sauraient probablement jamais de quelle façon j'étais mort. On répugne toujours, naturellement, à quitter un monde dans lequel on n'a jamais eu, pour ainsi dire, un moment d'ennui. Mais après les dangers, les souffrances, les émotions des dernières semaines, je ne me rendais pas compte de l'imminence du péril comme je l'aurais fait, par exemple, si j'avais été traîné directement de mon confortable appartement de Londres jusqu'au lieu de l'exécution.

Il est peu vraisemblable que j'oublie jamais cette scène, et je dois dire, à la louange des Thibétains, qu'elle fut exécutée d'une façon très pittoresque. Même les cérémonies les plus atroces ont leur côté artistique, et celle-ci avec la pompe et l'éclat extraordinaires que les Thibétains y avaient mis, faisait vraiment une grande impression.

Il paraît que ce désagréable exercice du glaive précède quelquefois la décollation au Thibet, de façon à ce que la victime souffre davantage avant de recevoir le coup final. Je ne le savais pas alors, mais je l'appris quelques semaines plus tard. C'est généralement au troisième coup que la tête tombe.

Les lamas continuaient à demander ma mort en poussant des clameurs féroces. Mais cette fois-ci le Pombo résista avec plus de fermeté, et refusa de continuer. Alors les lamas se rassemblèrent autour de lui, semblant très irrités, criant, hurlant de la façon la plus sauvage. Et toujours le Pombo tenait ses yeux fixés sur moi, d'un air demi-respectueux, demi-effrayé, refusant d'avancer. Je n'étais pas au bout de mes tortures. Après avoir passé par les angoisses de la décapitation, j'allais subir les souffrances d'un véritable écartèlement.

VIII

Nouvelles tortures. — Déballage de mes instruments. — Incidents divers. — Divertissements offerts par le *Pombo*. — Scènes d'hypnotisme. — Demandes d'oracles. — Mort certaine. — Délivrance inattendue. — En route pour la frontière. — La passe de Loumpiya. — Taklakot. — Retour.

Mon pauvre Mansing, étant tombé plusieurs fois de son cheval, était resté en arrière. A un moment donné l'homme qui me tenait me lâcha, un autre me poussa par devant et je tombai sur le dos. Mansing venait d'arriver. On l'attacha à la même poutre à laquelle j'étais déjà attaché. Après m'avoir annoncé que mon domestique allait mourir le premier, on me fit asseoir, et, pour m'empêcher de voir ce qui se passait, on me jeta une pièce d'étoffe sur la tête. J'entendis Mansing gémir pitoyablement, puis un silence se fit..... Je l'appelai; pas de réponse : j'en conclus qu'on l'avait tué..... On me laissa ainsi dans l'incertitude pendant un quart d'heure, puis on me dégagea la tête, et je pus voir mon pauvre couli gisant à terre presque inconscient, mais, Dieu merci, encore en vie. Pour l'empêcher de me répondre, quand je l'avais appelé, on lui avait mis la main sur la bouche, en le serrant au point de l'étrangler. Il se remit peu à peu.

Nous fûmes avertis que notre exécution était renvoyée au jour suivant, de façon qu'on pût nous torturer davantage. Nous profitâmes du répit pour demander à manger; cette demande, assez naturelle, sembla amuser beaucoup les Thibétains, qui éclatèrent de rire. Comme ils continuaient à nous parler de notre prochaine décapitation, je leur dis que ce supplice ne nous causerait évidemment aucune douleur, car nous serions morts de faim auparavant.

Ce raisonnement produisit-il son effet? Ou d'autres motifs intervinrent-ils? Je ne sais. Toujours est-il que quelques-uns des lamas les plus brutaux redevinrent polis et nous traitèrent avec une sorte de déférence. Deux d'entre eux se rendirent au monastère, et en revinrent avec du tsamba et du thé. J'ai rarement

L'ÉCARTÈLEMENT — D'APRÈS UN DESSIN DE M. SAVAGE LANDOR.

fait un meilleur repas, bien que les lamas m'enfonçassent la nourriture dans la bouche, presque à m'étouffer.

Quant à Mansing, auquel sa religion interdisait de manger
des mets touchés par des gens d'une caste différente, on lui
permit de lécher une écuelle de bois. J'étais si peu dégoûté moi-
même, que j'en fis autant de ma dernière écuelle, lorsque les
lamas eurent refusé de me donner davantage.

Nous étions restaurés, et nous sentions que notre situation s'a-
méliorait. Mais cela ne dura guère. Sur les ordres d'un lama qui
sortit soudain de la lamaserie voisine, je fus saisi et mis de nouveau debout sur l'angle de la poutre, les jambes encore plus
écartées qu'auparavant. Puis les lamas, aussi féroces que jamais, me tirèrent les bras par derrière et attachèrent une corde
à la chaîne qui réunissait mes menottes. Après quoi, ils passèrent la corde dans un trou percé au sommet d'un grand poteau
dressé derrière moi, et, tirant sur la corde, ils tendirent mes bras

en l'air à tel point qu'ils les auraient certainement cassés si j'avais été moins souple. Quand ils furent arrivés au maximum de tension qu'on pouvait atteindre sans me déchirer, ils fixèrent la corde, et je restai à demi suspendu, ayant la sensation que tous mes os étaient tirés, ou allaient l'être, hors de leurs alvéoles.

Naturellement le poids de mon corps, en le faisant descendre, devait aggraver les souffrances de ce supplice terrible, qui est en réalité une forme de l'écartèlement. Mansing, les pieds également attachés à la poutre de bois, fut suspendu à un autre poteau en face de moi.

La souffrance était aiguë : les tendons des jambes et des bras étaient affreusement étirés et l'épine dorsale courbée de telle façon qu'elle était comme ployée en deux. Les omoplates, réunies presque à se toucher, pressaient les vertèbres internes et produisaient une douleur effroyable dans les vertèbres lombaires.

Et comme si notre supplice n'était pas suffisant, une même corde passée autour du cou de Mansing et du mien nous réunissait tous les deux.

Une grosse pluie commença à tomber; à demi nus, car nos vêtements avaient été déchirés, nous étions alternativement glacés de froid et brûlés de fièvre. Des soldats nous entouraient, avec des chiens de garde attachés à des piquets. Convaincus qu'il nous était impossible de nous échapper, ils ramenèrent leurs couvertures sur leurs têtes et furent bientôt endormis. Comme l'un d'eux, dans son sommeil, poussait peu à peu son sabre hors de la couverture, l'idée me vint d'une tentative de fuite.

Deux ou trois heures plus tard, l'obscurité était devenue profonde. Grâce à l'extrême souplesse de mes mains, je réussis à retirer ma main droite de mes menottes, et, après une heure d'efforts, je parvins à détacher la corde qui liait les pieds de Mansing. Je lui dis à demi-voix de pousser le sabre vers moi jusqu'à ce qu'il fût à ma portée; je me proposais de couper mes liens et ceux de Mansing, après quoi, ayant une arme en notre possession, nous aurions fait une audacieuse tentative pour reprendre notre liberté.

Malheureusement, Mansing n'était pas très agile : content de se sentir délivré, il remua maladroitement ses jambes raidies ; les chiens s'en aperçurent et se mirent à aboyer. En un instant nos gardiens furent éveillés ; mais, peureux comme toujours, ils disparurent à la recherche d'une lumière, afin d'examiner l'état de nos liens.

Je pus heureusement remettre ma main dans mes menottes, et, lorsque les hommes revinrent, je fis semblant d'être profondément endormi. Ils virent que les liens des pieds de Mansing étaient défaits, mais que mes menottes et mes cordes étaient restées attachées.

Ce mystérieux événement inspira une vraie frayeur à nos Thibétains : ils se mirent à crier, appelant à l'aide. En un instant nous fûmes entourés d'une troupe de soldats armés d'épées. L'un d'eux, plus brave que les autres, donna quelques coups de fouet à Mansing et nous avertit que, si l'on retrouvait nos cordes défaites, nous serions immédiatement décapités. Puis le pauvre couli fut de nouveau attaché, avec des nœuds plus serrés que jamais.

Vers six ou sept heures du matin, on vint cependant lui délier les pieds. Mais je fus laissé dans la même position. Heures après heures se passèrent ainsi : mes jambes, mes bras, mes mains étaient devenus peu à peu insensibles ; je ne souffrais plus. J'éprouvais la sensation toute particulière d'avoir une tête vivante sur un corps inerte.

Le jour qui venait de naître fut rempli d'étranges incidents. Le soleil était déjà haut dans le ciel, lorsque le Pombo, escorté de plusieurs lamas, sortit à cheval du monastère pour entrer dans sa tente. On ouvrit alors mes boîtes d'instruments scientifiques, que les soldats et les lamas considéraient avec un mélange amusant de curiosité et de précaution. Il me fallut expliquer l'usage de chaque instrument ; chose difficile, étant donné l'ignorance des Thibétains et ma faible connaissance de leur langue. Après le sextant et les thermomètres, on sortit une série de boîtes de plaques photographiques, qui furent ouvertes boîte après boîte. Tous mes précieux négatifs se trouvèrent ainsi détruits en un instant.

Ils furent aussi fort intrigués de ma boîte de couleurs. Mais ce qui attira le plus leur attention, ce fut une somme considérable en or et en argent qu'ils trouvèrent dans l'une des boîtes. Le Pombo déclara qu'aucune pièce ne devait être volée.

Je saisis cette occasion pour faire à la lamaserie une offre de 500 roupies, et je priai en même temps le Pombo d'accepter mon martini-henry, qui paraissait lui plaire. Les deux présents furent refusés : la lamaserie, me dit-on, était très riche, et la position officielle du Pombo ne lui permettait pas de porter un fusil. Il fut néanmoins très touché de l'offre et vint m'en remercier en personne. Ces bandits ne manquaient pas d'une certaine courtoisie.

La caisse imperméable était à peu près vide. Le Pombo en sortit, d'un air soupçonneux, un curieux objet aplati.

« Qu'est cela? » me demanda-t-il.

Ma vue avait été si obscurcie que je ne pus tout d'abord rien distinguer. Mais j'y reconnus à la fin ma grande éponge, longtemps égarée, que Chanden Sing avait logée au fond de la caisse, empilant par-dessus les lourdes boîtes de plaques photographiques. Elle était absolument desséchée et aplatie. Les Thibétains la prirent pour de l'amadou ; ils n'osèrent d'abord pas la toucher, de peur d'une explosion. Puis, ayant satisfait leur curiosité, ils la jetèrent. Elle tomba par hasard dans une flaque d'eau. C'était là une occasion admirable d'effrayer mes bourreaux. J'adressai donc à l'éponge une prétendue incantation faite de mots anglais sans aucune suite. Ma conduite étrange excita leur attention ; aussi ne purent-ils dissimuler leur terreur lorsqu'ils virent, au bruit de mes paroles, l'éponge se gonfler peu à peu et reprendre ses dimensions naturelles. Ils s'enfuirent dans toutes les directions.

Mais une scène plus amusante encore allait se produire. Ayant pris leur courage à deux mains, les lamas revinrent à mes bages. L'un d'eux saisit mon martini-henry, et les autres le pressèrent de faire feu. J'expliquai au premier comment il fallait charger ; il prit une cartouche et la plaça dans la culasse ; mais il ne voulut pas, malgré mes conseils, fermer le mécanisme au cran de sûreté. Je l'avertis des conséquences possibles ; pour toute réponse il me frappa d'un coup de crosse sur la tête.

Les Thibétains ont la coutume, quand ils visent avec leurs fusils à mèche, qui sont munis de « fourchettes », de se mettre la crosse devant le nez, au lieu de l'appuyer, commme nous, à l'épaule. Le lama visa ainsi un de mes yaks qui paissait tranquillement à une trentaine de mètres. Il tira la gâchette, au milieu de l'attention générale. Le coup partit, avec un bruit extraordinaire, la bouche du canon éclata, et le violent recul de l'arme donna au lama un coup terrible en plein visage. Le fusil, échappant de ses mains, décrivit une parabole dans les airs, et le lama, tombant à la renverse, resta étendu sur le sol, tout saignant, pleurant comme un enfant, un œil arraché et la mâchoire à moitié cassée. L'explosion s'était-elle produite parce que le mécanisme avait été mal fermé, ou parce que de la terre s'était introduite dans la bouche du fusil ? Je ne sais. Mais je ne pus dissimuler ma satisfaction de l'accident, dont la victime était un des lamas qui avaient demandé ma tête avec le plus d'acharnement.

Le Pombo, qui m'avait regardé, durant la plus grande partie de l'après-midi, d'un air où la pitié se mêlait au respect, joignit ses rires aux miens. Je crois qu'il était plutôt satisfait de l'accident. Il s'était demandé jusqu'ici s'il fallait m'exécuter, oui ou non ; après ce qui venait de se passer, il inclinait décidément pour la négative. Il tint avec les lamas et les officiers une consultation, à la suite de laquelle quelques officiers vinrent détacher mes pieds de la poutre ; mes mains conservèrent leurs menottes, mais on enleva la corde qui les tenait au poteau. Quand les cordes furent sorties des sillons profonds qu'elles avaient creu-

sés autour de mes chevilles, de grands morceaux de peau se
détachèrent. Ainsi finirent les vingt-quatre heures les plus terribles que j'aie passées de ma vie. Etendu comme je l'étais sur
le sol, je sentis d'abord très peu de soulagement; mon corps et
mes jambes étaient
raides ; la sensibilité
ne leur revenant pas,
je commençais à
craindre que je
n'eusse définitive-
ment perdu l'usage
de mes pieds. Ce ne
fut qu'au bout de
trois heures que le
sang recommença à
circuler dans mon
pied droit, mais ce
retour de la circula-
tion me causa des
souffrances intenses.

LES CONTORSIONS DU POMBO.
D'APRÈS UN DESSIN DE M. SAVAGE LANDOR

Elles n'auraient pas
été plus grandes si
l'on m'avait introduit dans la jambe des lames de couteau. Mes
bras se remirent plus rapidement.

Dans l'intervalle, le Pombo, soit qu'il voulût m'amuser, soit
qu'il désirât simplement me montrer ses richesses, donna l'ordre
d'amener une centaine de chevaux, quelques-uns magnifiquement
harnachés. Il monta le plus beau, et, tenant à la main le terrible
taram, il fit le tour de la colline sur laquelle se dressaient
la lamaserie ou monastère et le fort.

Il harangua ensuite ses hommes, et alors commença une série
de divertissements : on choisit d'abord les meilleurs tireurs, qui
avec leurs fusils à mèche visèrent à tour de rôle mes deux
pauvres yaks ; quoique ceux-ci ne fussent qu'à quelques mètres,
aucun coup ne les atteignit; les tireurs visaient cependant avec

soin, et le sifflement des balles dans l'air me disait assez qu'ils
tiraient sérieusement.

Vinrent ensuite des courses de chevaux que, malgré mes souffrances, je trouvai fort intéressantes. D'abord les chevaux cou-
rurent deux par
deux. La dernière
course fut exécutée
par les deux plus
forts champions, et
le vainqueur reçut
un *kata*. Puis des
cavaliers, lancés au
grand galop, s'exer-
cèrent à relever un
kata qu'on avait
laissé tomber à terre.
Un autre exercice
consistait en ceci :
un homme se tenait
debout à quelque
distance, un cama-
rade se dirigeait vers

LES CONTORSIONS DU POMBO.
D'APRÈS UN DESSIN DE M. SAVAGE LANDOR.

lui au grand galop, le saisissait par ses vêtements et le posait
sur sa selle.

Les courses terminées, le Pombo se dirigea vers sa tente,
dont la porte avait six mètres de longueur. Quelques soldats
m'y traînèrent, de façon que je pusse voir ce qui se passait
dans l'intérieur. Le Pombo y entra, suivi de deux gros lamas
qui la fermèrent pour quelques minutes, puis la rouvrirent. Dans
l'intervalle un gong avait convoqué les lamas du monastère, et au
bout d'un moment toute une bande était venue s'installer dans la
tente.

Le Pombo, avec son vêtement jaune, ses culottes, son chapeau à pointes, était assis au centre, dans un fauteuil à haut
dossier ; à ses côtés se tenaient debout les deux lamas qui

l'avaient accompagné. Il se trouvait évidemment dans un état de crise hypnotique. Il était assis sans mouvement, les mains posées à plat sur ses genoux, la tête droite, les yeux fixes. Il demeura ainsi pendant quelques minutes ; tous les soldats et toutes les autres personnes qui s'étaient rassemblés devant la tente tombèrent alors à genoux, posèrent leurs bonnets par terre, et se mirent à marmotter des prières. Un des deux lamas, qui semblait avoir une grande puissance mesmérique, posa la main sur l'épaule du Pombo, tandis que celui-ci éleva lentement les bras, en étendant les mains, et resta longtemps sans mouvement, dans un état cataleptique. Le lama toucha ensuite le cou du Pombo avec ses pouces, ce qui lui fit décrire avec la tête un rapide mouvement circulaire de gauche à droite. Puis l'hypnotiseur prononça certains exorcismes, et le Pombo commença à se livrer à des contorsions serpentines très extraordinaires, remuant et tordant ses bras, sa tête, son torse et ses jambes. Son accès de frénésie dura ainsi quelque temps ; alors les dévots se rapprochèrent peu à peu de lui, priant avec ferveur et poussant de profonds soupirs mêlés de cris d'étonnement ou même de terreur.

A intervalles réguliers, les figures de cette danse bizarre se terminaient par une posture étrange : le Pombo se pliait en deux, mettant sa tête entre ses jambes, son long chapeau posé sur le sol. Pendant qu'il était dans cette position, les assistants allaient l'un après l'autre toucher ses pieds et lui faire de profondes révérences et des salaams. A la fin, l'hypnotiseur, saisissant entre ses mains la tête du Pombo, le regarda fixement dans les yeux, lui frotta le front et le réveilla. Le Pombo était pâle et épuisé. Il s'étendit dans son fauteuil ; son chapeau tomba de sa tête, qui se montra entièrement rasée, comme il convient à un lama. Des *katas* furent distribués à tous les Thibétains présents, qui les plièrent et les serrèrent dans leurs habits.

Le Pombo sortit de sa tente. Je lui dis que la danse était très belle, mais que j'avais faim : il me fit apporter un plat contenant un délicieux ragoût de yak, et du *tsamba* en abondance ; mais,

NOUS ATTAQUONS NOS GARDES À COUPS DE PIERRES. — D'APRÈS LA PEINTURE DE M. SAVAGE LANDOR.

malgré ma faim, je ne pus manger grand'chose, sans doute à cause des souffrances physiques que j'avais endurées.

La nuit venue, j'eus de nouveau les pieds fixés à la poutre et les mains au poteau, mais avec quelques adoucissements à ma peine : les jambes étaient moins écartées, les bras moins tendus. Dans la soirée, une demi-douzaine de lamas arrivèrent du monastère avec une lumière et un grand bol de cuivre qui était censé contenir du thé ; le lama blessé par l'explosion du fusil était avec eux, il insista tant pour me faire boire que j'eus des soupçons.

M. J. LARKIN. — D'APRÈS UNE PHOTOGRAPHIE.

Ils portèrent le bol à mes lèvres ; je ne bus qu'une gorgéé que je crachai aussitôt : j'avais cependant avalé quelques gouttes, et peu de minutes après je fus saisi de violentes douleurs d'estomac. Je ne puis qu'en conclure que le breuvage était empoisonné.

Les lamas n'avaient pas encore pris de parti sur ce qu'il fallait faire de nous. Un certain nombre d'entre eux voulaient encore qu'on nous décapitât ; mais d'autres, et parmi eux le Pombo, étaient presque résolus, depuis la nuit précédente, à nous renvoyer à la frontière. Malheureusement, comme je l'appris plus tard, le Pombo avait eu cette nuit même une vision à mon sujet. Un esprit lui avait dit que, si l'on ne nous tuait pas, lui et son pays souffriraient de grands malheurs. Il avait ajouté : « Vous pouvez tuer le Plenki et personne ne vous punira. Les Plenkis ont peur de combattre les Thibétains. »

Chez les lamas, on ne prend aucune décision importante sans avoir recours aux incantations et aux sciences occultes : aussi le Pombo ordonna-t-il à un lama de couper une boucle de mes cheveux, ce qu'il fit en se servant d'un couteau très émoussé. Puis, prenant les cheveux dans la main, il s'en alla à la lamaserie consulter l'oracle. Il paraît qu'après certaines incantations, l'oracle répondit qu'on devait me décapiter, et que sans cela le pays courrait un grand danger.

Le Pombo, qui semblait désappointé, me fit couper l'ongle d'un orteil pour le montrer à l'oracle, qui, consulté, donna la même réponse.

On devait finalement, comme c'est l'ordinaire dans de semblables consultations, présenter à l'oracle un morceau d'un ongle de mes doigts. Le lama qui était en train de le couper examina mes mains et écarta mes doigts, en exprimant une grande surprise. En un instant tous les lamas et les soldats vinrent tour à tour examiner mes mains : c'était la répétition exacte de ce qui s'était passé au monastère de Tucker. Le Pombo lui-même, ayant été informé, vint regarder mes doigts, et toutes les opérations furent immédiatement suspendues.

Lorsque je fus relâché, quelques semaines plus tard, je pus apprendre des Thibétains la raison de leur étonnement. J'ai les doigts liés plus haut que ce n'est le cas chez la plupart des gens. Cela est très considéré au Thibet ; un charme règne sur la vie d'un possesseur de doigts pareils ; quoi qu'on lui fasse, il ne lui arrivera aucun mal. Sans vouloir discuter si, oui ou non, un charme a régné sur ma vie au Thibet, il est certain que cette superstition influa beaucoup sur la décision finale du Pombo.

Il ordonna que ma vie serait épargnée et que je devrais, le jour même, partir pour la frontière hindoue. Il prit dans mon propre trésor une somme de cent vingt roupies, qu'il mit dans ma poche, pour les besoins du voyage. Bien qu'on me laissât mes chaînes, je devais, me dit-il, être traité avec bienveillance, ainsi que mes domestiques.

MONASTÈRE ET FORTERESSE DE TAKLAKOT. — D'APRÈS UN DESSIN DE M. SAVAGE LANDOR.

Lorsque tout fut prêt, Mansing et moi nous fûmes reconduits à pied à Toxem, escortés d'une cinquantaine de cavaliers. Malgré nos blessures, nous devions marcher très vivement. J'étais traîné par le cou, comme un chien, lorsque, épuisé et hors d'haleine, je ne pouvais suivre le pas des chevaux.

A Toxem, je retrouvai, à ma grande joie, Chanden Sing encore vivant. Il avait été enfermé comme prisonnier dans la maison de garde : il était resté là pendant trois jours, debout, attaché à un poteau. Durant tout ce temps, il n'avait eu ni à boire ni à manger, et il était presque mourant. On lui avait annoncé que j'avais été décapité.

Nous passâmes la nuit dans la maison, au milieu d'une bruyante compagnie de soldats et de femmes qui nous empêchèrent de dormir. Le lendemain, au lever du soleil, nous fûmes placés, Chanden Sing et moi, sur des yaks, et non pas sur

LE PANDIT GOBARIA.
D'APRÈS UNE PHOTOGRAPHIE.

des selles, mais **sur des** bâts semblables à ceux que j'ai déjà décrits. Le pauvre Mansing fut obligé de marcher, la corde au cou, et battu sans miséricorde lorsqu'il restait en arrière. Nous avions une forte escorte pour empêcher toute évasion. Mais comme nous trouvions à tous les campements des relais de yaks et de chevaux, nos marches furent très rapides. En cinq jours, nous fîmes 286 kilomètres.

Nous souffrîmes beaucoup pendant ces longues étapes. Les soldats nous maltraitaient et ne nous laissaient manger que tous les deux ou trois jours, pour nous empêcher de devenir trop forts. Epuisés, meurtris comme nous l'étions, nous souffrions encore le martyre à monter sur ces misérables yaks. Tout ce que nous avions nous avait été enlevé. Nos vêtements étaient en haillons et couverts de vermine. Nous étions sans chaussures, et littéralement nus.

Les premiers jours, nous marchâmes généralement depuis le lever du soleil jusqu'à une heure ou deux après son coucher. Quand nous atteignions un camp, on nous descendait de nos yaks, et, en sus des menottes que nous avions aux mains, nos geôliers en fixaient d'autres à nos chevilles.

Etant ainsi en sûreté, on nous laissait dormir en plein air, sans couverture d'aucune sorte, étendus souvent sur la neige, ou inondés de pluie.

Je parvins, non sans risques, à tenir un journal de mon retour, sur une petite feuille de papier qui était restée dans ma poche. Je tirais mes mains de mes menottes, et, me servant comme plume d'un morceau d'os que j'avais ramassé, comme encre de mon sang, je pus prendre quelques brèves notes chiffrées et faire le levé approximatif de notre route. Bien entendu, comme je n'avais pas d'instruments, je ne pus prendre de positions astronomiques qu'au juger et d'après le soleil. Nous suivîmes en gros le Brahmapoutre, sur une ligne tracée plus au Sud que celle de notre voyage d'aller, jusqu'à ce que nous eûmes atteint la frontière de la province de Yu-Tzang (ou de Lhassa). J'eus la chance, arrivé à l'endroit où se réunissent les deux branches principales du Brahmapoutre, que les Thibétains me fissent suivre celle du Sud, précisément celle que je n'avais pas suivie à l'aller. Elle naît par environ 83°6'30'' longitude Est de Greenwich (80° 46' 15 de Paris) et 30°33' latitude Nord, dans un petit lac au milieu d'une grande plaine. Je donnai mon propre nom à la source du Nord; c'est un procédé que, je l'espère, on ne trouvera pas immodeste, puisque je suis le premier Européen à l'avoir vue.

Quand nous eûmes quitté la province de Yu-Tzang, nos guides se relâchèrent un peu de leur cruauté. Ils nous autorisèrent, par exemple, à acheter quelques vivres et consentirent à ôter nos menottes pour nous laisser manger.

Nous dirigeant au Nord-Ouest, nous croisâmes notre première

EXPÉDITION DE SECOURS SUR LE LIPPO... — D'APRÈS UNE PHOTOGRAPHIE.

UNE DOUCHE DE GLACE CASSÉE ET DE NEIGE FONDUE À 4 950 MÈTRES D'ALTITUDE.
D'APRÈS UNE PHOTOGRAPHIE.

route pour la longer ensuite, à quelques kilomètres au Nord, sur un plateau ondulé, de formation argileuse, où l'on rencontrait de nombreux campements.

Nous atteignîmes enfin le village et le monastère de Tucker, au bord du lac Mansarouar. Là, on nous enleva nos fers, et nous nous sentîmes relativement libres ; mais, où qu'il allât, chacun de nous était toujours accompagné par quatre hommes.

Les lamas, si bienveillants lors de notre première visite, se montrèrent cette fois très maussades et grossiers. Nous ayant vus arriver, ils se retirèrent dans le monastère, en fermant la porte derrière eux.

Le lendemain, survinrent un nommé Souna et son frère, que j'avais rencontrés à Garbyang. Ils me dirent que la nouvelle était parvenue en Inde que nous avions été décapités, moi et mes deux

domestiques ; là-dessus, le docteur Wilson et Karak Sing, le
« Pechkar politique », avaient passé la frontière pour vérifier
les faits. J'appris avec une joie intense qu'ils étaient encore à
Taklakot, et j'obtins de Souna qu'il s'y rendrait aussitôt qu'il
pourrait, afin de les informer que j'étais prisonnier.

M. LANDOR, APRÈS SA DÉTENTION
CHEZ LES THIBÉTAINS.
D'APRÈS UNE PHOTOGRAPHIE.

Nous nous étions à peine remis
en marche qu'un cavalier vint vers
nous, avec un ordre sévère du Djong
Pen de Taklakot interdisant de
nous conduire plus avant sur la
route de la passe de Lippou, et
ordonnant de nous emmener par la
passe de Loumpiya.

Comme cette dernière passe était
infranchissable en cette saison par
cette route, nous allions être obligés
de marcher encore une quinzaine de
jours, en bonne partie sur la glace
et la neige. Affamés et épuisés
comme nous étions, nous aurions
infailliblement succombé.

Nous demandâmes qu'on nous conduisît à Taklakot ; mais ce
fut inutile, d'autant plus que de nouveaux messagers étaient
venus confirmer les ordres du Djong Pen. Il nous fallut donc
abandonner la route de Taklakot et nous diriger vers la passe
de Loumpiya. C'était un assassinat pur et simple : les Thibétains s'en rendaient compte ; mais, en cas d'ennuis, ils avaient
toujours la ressource de pouvoir dire que nous étions morts
naturellement dans les neiges.

Nous résolûmes alors de jouer notre dernière carte. Quand
nous eûmes fait cinq kilomètres à l'ouest de la route de Taklakot,
nous nous refusâmes à aller plus avant dans cette direction.
Nous prévînmes nos gardes que, s'ils essayaient de nous contraindre, nous étions tout prêts à les combattre, car de mourir

ici de mort violente, ou de mourir gelés sur le Loumpiya, cela nous importait peu. Nos gardes, embarrassés, se décidèrent à passer avec nous la nuit en cet endroit et à faire demander au Djong Pen de nouvelles instructions. L'ordre étant venu dans la nuit de nous faire avancer coûte que coûte, nos gardes se préparèrent en conséquence, dès le matin, à partir. Nous rassemblâmes alors ce qui nous restait de force, et nous attaquâmes soudain notre escorte à coups de pierres ; chose incroyable, ces lâches soldats tournèrent les talons et s'enfuirent.

M. LANDOR, APRÈS SA DÉTENTION
CHEZ LES THIBÉTAINS.
D'APRÈS UNE PHOTOGRAPHIE.

Nous reprîmes la direction de Taklakot, suivis à distance par ces coquins, qui nous suppliaient de ne pas leur résister, nous disant que leurs têtes étaient en jeu.

Au bout de quelques kilomètres, nous rencontrâmes une troupe de soldats et de lamas envoyés contre nous par le Djong Pen. Dans l'état où nous nous trouvions, il était inutile de songer à lutter contre de telles fatalités. Dès que les hommes nous eurent aperçus, ils s'apprêtèrent à tirer.

Je m'avançai pour parler au ministre du Djong Pen, Lap-Sang, et à son secrétaire, qui étaient à la tête de la troupe. Ils insistèrent pour nous faire passer par la passe de Loumpiya, alors que nous étions à deux pas de la frontière. Nous protestâmes vigoureusement, déclarant que nous aimions mieux mourir où nous étions. Nous leur demandâmes donc de nous tuer séance tenante.

Nous étions presque arrivés à Kardam, lorsqu'un cavalier, lancé en plein galop, nous cria de nous arrêter et tendit une

LE PROPHÈTE DE MALHEUR SURPRIS DE ME REVOIR.
D'APRÈS UNE PHOTOGRAPHIE.

lettre à Lap-Sang. La lettre contenait l'ordre de nous conduire immédiatement à Taklakot.

Nous revînmes donc sur nos pas, le long du plateau qui domine la rivière de Gakkon, et nous arrivâmes à la nuit au village de Dogmar, une curieuse localité, dans une vallée formée par deux falaises d'argile. Les habitants vivent dans des trous du rocher.

A peine étions-nous arrêtés qu'une nouvelle lettre du Djong Pen nous apprenait qu'il avait changé d'avis et que, toutes réflexions faites, nous devions passer par le Loumpiya.

Mais dans la nuit arrivèrent toute une troupe d'officiers et de soldats, avec l'ordre, de la part du Targum de Barca, un chef aussi puissant que le Djong Pen, de ne nous laisser, sous aucun prétexte, traverser sa province, non plus que franchir le Loumpiya. C'était là une situation à la fois amusante et irritante : aucune route de la frontière ne nous était ouverte.

J'encourageai vivement les hommes du Targum de Barca à lutter contre ceux du Djong Pen, pour m'empêcher de franchir le Loumpiya. Ils me demandèrent si je les assisterais.

LE VILLAGE DE TUCKER, AU NÉPAL. — D'APRÈS UNE PHOTOGRAPHIE.

Je dis que oui, et, quoique n'ayant guère de confiance en leur courage, j'acceptai le poste, qu'ils m'offrirent, de général en chef. Nous préparâmes notre plan d'attaque, et le lendemain matin, monté sur un bon cheval, je partis gaiement pour Taklakot, à la tête d'une nombreuse cavalerie. Mes Thibétains, pleins d'ardeur, déclaraient qu'ils haïssaient les hommes du Djong Pen, et qu'ils allaient les massacrer ; mais leurs discours cessèrent soudain, lorsque nous entendîmes le bruit des clochettes des chevaux ennemis. J'encourageais de mon mieux mes hommes, mais une véritable panique s'emparait d'eux. Quand les hommes du Djong Pen furent en vue, j'eus l'étrange spectacle de deux armées rangées face à face, et chacune

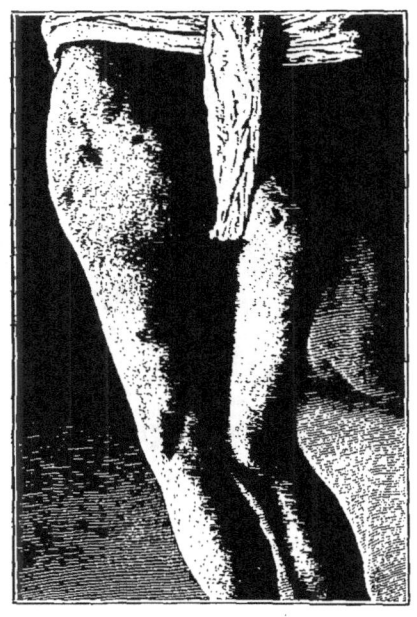

LES TRACES DU SUPPLICE
DE MON DOMESTIQUE, SIX SEMAINES APRÈS.
D'APRÈS UNE PHOTOGRAPHIE.

dans une mortelle terreur de l'autre. Malgré mes remontrances, les deux adversaires déposèrent précipitamment leurs fusils et leurs sabres : une conférence eut lieu dans laquelle tout le monde sembla prêt à obliger tout le monde, excepté moi.

Au milieu de ces transactions arriva un messager du Djong Pen, nous accordant enfin, à la satisfaction générale, la permission de nous rendre à Taklakot. Mon armée reprit la route du Nord-Ouest, et moi, dépouillé du haut grade que j'avais occupé quelques heures, je redevins un particulier et un prisonnier. Accompagnés d'une bonne escorte, nous descendîmes la vallée du Gakkon, puis, passant à travers une région très peuplée et laissant deux monastères à notre droite, nous fîmes le tour du haut et pittoresque rocher au sommet duquel s'élèvent le fort et les monastères de Taklakot. Arrivés sur le pont en bois qui franchit le Gakkon, nous aperçûmes au pied de la colline un grand campement de Chokas venus pour échanger des produits avec les Thibétains ; nous piquâmes des deux et nous nous trouvâmes au milieu d'amis qui furent fort surpris de nous revoir. Le docteur Wilson était là aussi ; il eut grand'peine à nous reconnaître, et parut très ému en voyant l'état où nous étions. Tout le monde riva-

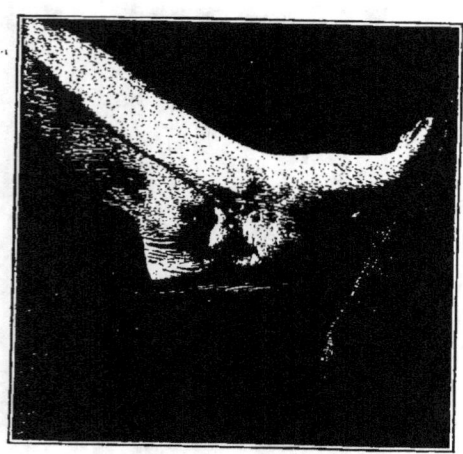

LES PIEDS DE M. LANDOR, MONTRANT LES CICATRICES
DES SUPPLICES QU'IL A ENDURÉS.
D'APRÈS UNE PHOTOGRAPHIE.

lisa d'amabilité avec nous. De toutes parts on nous apporta des vivres, que nous dévorâmes avec des appétits d'affamés ; en outre Karak Sing, le « Pechkar », et le docteur Wilson me fournirent des vêtements, chose bien nécessaire, car les haillons qui me restaient étaient littéralement grouillants de vermine.

Plus tard dans la journée, le docteur Wilson examina mes blessures et envoya son rapport à ce sujet au gouvernement de l'Inde, au commissaire de Koumaon et au député commissaire d'Almora.

Les soins de mes hôtes, la bonne nourriture m'eurent bientôt rétabli. Au bout de quelques heures j'avais oublié déjà les privations et les souffrances que je venais d'endurer. Je restai trois jours à Taklakot ; pendant ce temps les Thibétains rapportèrent une partie de mon bagage confisqué ; j'eus le plaisir

LA ROUTE EFFONDRÉE, D'APRÈS UNE PHOTOGRAPHIE.

d'y voir figurer mon journal, mes notes, mes cartes et croquis.

J'appris ensuite de mes amis comment on avait obtenu ma délivrance. Le docteur et Karak Sing, ayant entendu dire que mes domestiques et moi avions été décapités, passèrent la frontière pour faire une enquête et recouvrer ce qui m'appartenait. Ils apprirent par Souna, mon messager du lac Mansarouar, que j'étais encore en vie, mais prisonnier et mourant de faim. N'ayant pas de forces suffisantes pour aller à ma rencontre, ils se bornèrent à faire de vives représentations au Djong Pen de Taklakot, le menaçant de l'envoi d'une armée si je n'étais pas mis en liberté ; un autre de mes amis, le Pandit Gobaria, le commerçant choka le plus influent du Bhot, se joignit à ces représentations, et le Djong Pen, malgré ses répugnances, finit par consentir à ce qu'on m'amenât à Taklakot. On a vu que cette permission avait été retirée, puis de nouveau confirmée. C'est donc uniquement aux bons offices de ces messieurs que je dois d'être aujourd'hui en vie.

Après nos quelques jours de repos, nous prîmes la route de l'Inde, et, ayant franchi le passage de Lippou (5 117 mètres), je me retrouvai enfin en territoire britannique. Nous descendîmes par petites étapes jusqu'à Goungi, où, à cause de ma faiblesse, je dus rester quelques jours dans le dispensaire du docteur Wilson. Sous l'influence des bons soins et d'un bon régime, notre état s'améliora avec une rapidité merveilleuse.

Quand je m'étais vu pour la première fois dans un miroir, j'avais presque une attaque, tant mon aspect était affreux. Mais je me sentis redevenir moi-même, lorsque j'eus rasé ma barbe de plusieurs mois et lorsque l'aimable Wilson, avec une paire de grossiers ciseaux, eut bien voulu pendant tout un après-midi remplir les fonctions de coiffeur. Je repris ainsi un air à peu près civilisé. J'eus peine à m'habituer à mes vêtements, qui me gênèrent beaucoup pour commencer.

Je ressentais de vives douleurs dans l'épine dorsale. A certains moments, mon côté droit me semblait entièrement paralysé. J'éprouvais en outre de grandes difficultés aussi bien à

m'asseoir qu'à me lever après m'être assis. Mes articulations
étaient encore raidies et elles le restèrent pendant des mois. Je
voyais assez bien de l'œil droit, mais l'œil gauche n'avait pas
recouvré la vue.

Quand je fus un peu rétabli, je fis une petite excursion au
village népalais de Tinker, d'où l'on a une vue magnifique sur
les pics neigeux qui séparent le Népal du Thibet.

Puis, désireux de rentrer le plus vite possible en Europe, je
partis pour Garbyang avec le Pechkar Karak Sing.

La route de la Nerpani s'était effondrée en deux ou trois
endroits et des ponts branlants avaient été jetés à la hâte au-
dessus des précipices.

Nous reçûmes partout le plus aimable accueil. A Askoteh, je
rencontrai M. J. Larkin, envoyé pour faire une enquête sur mes
aventures. Je rebroussai chemin avec lui.

Nous remontâmes jusqu'au col de Lippou, où nous avions
donné rendez-vous au Djong Pen, ou à ses délégués. Nous y
attendîmes quelques jours dans un endroit abrité, à quelques
centaines de pieds au-dessous du point culminant; mais, aucun
Thibétain n'apparaissant, nous repartîmes dans l'après-midi
du 12 octobre, tournant définitivement le dos aux régions
interdites. J'étais loin d'être en bonne santé, mais j'étais ravi,
comme on peut le croire, de la perspective de revoir bientôt
l'Angleterre et mes amis. Nous retournâmes à notre camp, à
quelque cent mètres plus bas que le col, où nous avions laissé
nos bagages et nos hommes, très souffrants du mal de montagne.

C'est à ce camp de Lippou que je me procurai la satisfaction
assez rare d'une douche à 4 950 mètres d'altitude. Chanden
Sing, ayant cassé la glace dans une rivière, me versa l'eau sur
la tête, tandis que j'étais pieds nus dans la neige; l'eau se con-
gela immédiatement sur mes épaules, et en un instant j'eus des
glaçons pendant des deux côtés de mon cou, et une vraie couverture de glace sur le dos.

Ayant accompli notre mission, nous retournâmes à Almora,
M. Larkin et moi, en faisant des marches très rapides. Ce fut

LE RETOUR: M. LARKIN ET SES COMPAGNONS ATTENDENT EN VAIN LES THIBÉTAINS. — D'APRÈS UNE PHOTOGRAPHIE.

pour moi une grande satisfaction de constater, que, dans l'enquête publique à laquelle il se livra à mon sujet, M. Larkin put obtenir de nombreux témoignages de Chokas et de Thibétains. Tous ces témoignages, transcrits et certifiés, furent envoyés au gouvernement de l'Inde, ainsi qu'au ministère des Affaires étrangères et au ministère de l'Inde à Londres [1].

Comme la mauvaise saison commençait, les Chokas étaient presque tous revenus du Thibet et reprenaient leurs quartiers d'hiver à Dharchouda ; nous en vîmes, en passant, qui réparaient les toits effondrés de leurs habitations. En même temps un grand nombre de Thibétains étaient venus hiverner sur le territoire britannique, et l'on pouvait voir leurs camps le long de la route, partout où il y avait assez d'herbe pour leurs troupeaux. Aussi longtemps qu'ils étaient dans le pays de Bhot, même sur territoire britannique, ils gardaient une attitude insolente. Mais, dès qu'ils en étaient sortis et que les Hindous succédaient aux Chokas, leur manière d'être se transformait ; au lieu de hauteur et d'insolence, ce n'était plus que déférence hypocrite et servilité. Près de la frontière, nous rencontrâmes des centaines de yaks et de chevaux chargés de bois que les Thibétains coupent dans nos forêts, et que nos propres sujets sont obligés de transporter au Thibet, pour l'usage des Thibétains qui ne viennent pas hiverner sur notre territoire.

A Askoteh, je reçus la visite du vieux Raot qui m'avait annoncé qu'il m'arriverait malheur. Il venait constater avec satisfaction que sa prophétie s'était accomplie.

« Je vous l'avais bien dit, s'écria-t-il, tous ceux qui visitent les demeures des Raot auront des infortunes. »

Nous passâmes rapidement à Almora et à Naini-Tal, la résidence d'été du gouvernement des provinces du Nord-Ouest où j'eus une conférence sur mon voyage avec le lieutenant gouverneur pour séjourner quelque temps à Aoudh, où j'y reçus l'hospitalité du colonel Grigg, commissaire du Koumaon, un officier

---

1. M. Savage-Landor a reproduit le texte de l'enquête et du rapport du gouvernement dans l'édition anglaise de son ouvrage.

aussi intelligent qu'énergique. Je donnai là à mon fidèle compagnon Mansing une somme suffisante pour « commencer quelque chose » dans la vie. Il m'accompagna jusqu'à Kathgodam, le terminus du chemin de fer, et montra un chagrin sincère quand il me vit monter dans le train avec Chanden Sing. Lorsque le train se mit en marche, il m'adressa des salaams affectueux; il m'avait demandé auparavant la promesse de le reprendre avec moi, si jamais je recommençais une expédition au Thibet. Mais alors, disait-il, il devrait avoir un fusil : c'était sa seule condition.

Je gardai Chanden Sing avec moi comme domestique. De Bombay, nous nous rendîmes directement à Florence, où résidaient mes parents. Ils avaient souffert, dans leur anxiété, presque autant que j'avais souffert moi-même durant mon voyage aux régions interdites.

FIN

TABLE DES MATIÈRES

TABLE DES MATIÈRES.

Levallois-Perret. — Imp. Crété de l'Aube, 55, rue Fromont.

www.ingramcontent.com/pod-product-compliance
Lightning Source LLC
Chambersburg PA
CBHW070507030726
47503CB00004B/1198